Vivir sin permiso

y otras historias de Oeste

Manuel Rivas

Vivir sin permiso

y otras historias de Oeste

Traducción del gallego del autor

Papel certificado por el Forest Stewardship Council®

Título original: *Vivir sen permiso e outras historias de Oeste*
Primera edición en castellano: octubre de 2018

© 2018, Manuel Rivas Barros
© 2018, Penguin Random House Grupo Editorial, S. A. U.
Travessera de Gràcia, 47-49. 08021 Barcelona
© 2018, Manuel Rivas Barros, por la traducción

© de la marca VIVIR SIN PERMISO: Mediaset España

© Diseño: Penguin Random House Grupo Editorial, inspirado en un diseño original de Enric Satué

Printed in Spain – Impreso en España

ISBN: 978-84-204-3737-8
Depósito legal: B-16827-2018

Compuesto en MT Color & Diseño, S. L.
Impreso en Unigraf, Móstoles (Madrid)

AL 37378

Penguin
Random House
Grupo Editorial

Índice

A Lorna Shaughnessy
y a Paco Ignacio Taibo II

FUSO NEGRO.— *El ángel cava, el demonio cava... ¡Bien que los veo! El demonio agora enciende un cigarro con un tizón que saca del rabo.*

EL CABALLERO.— *¿Tú los ves, Fuso Negro?*

FUSO NEGRO.— *¡Sí que los veo!*

EL CABALLERO.— *¿Estás seguro?*

FUSO NEGRO.— *¡Sí que los veo!*

RAMÓN DEL VALLE-INCLÁN,
Romance de lobos

El miedo de los erizos

*Cuando están pasando muchas cosas, muchas
más de las que puedes soportar, puedes
decidir imaginar que no está pasando nada
en particular, que tu vida gira y gira como
el plato de un tocadiscos. Y entonces un día...*

SAUL BELLOW,
Algo por lo que recordarme

Antón Santacruz siempre había sido un valiente.

Recuerdo el día en que nos paró el sargento Moreno, a quien nosotros llamábamos Ben-Hur. Le tenía muchas ganas a Antón. Muchas. Y esta vez Antón se había descuidado. Iba muy confiado. Con la hierba en la guantera del Dos Caballos, el coche en el que nos movíamos la cuadrilla de los Erizos. El Dos Caballos era una especie de patrimonio histórico de Oeste. Había pasado por muchas manos, la mayoría destartaladas como el coche, y Antón lo heredó de la madre, Saleta, que desde niña andaba a las algas y a los erizos. Cuando tuvo el hijo, ella era soltera, no se conocía al padre, y se puede decir, y se decía, que el Dos Caballos había sido la cuna de Antón Santacruz. El mecánico de Oeste, Gonzalo, admiraba aquella máquina: «Este coche anda porque recuerda». En la fachada del taller había un rótulo, DOCTOR FUTURO, al que el viento, cuando se ensañaba, conseguía arrancar un gemido rencoroso y un parpadeo de luz averiada. Gonzalo, Gonz, Doctor Futuro, se pasaba el día leyendo novelas de ciencia ficción, siempre que fueran de segunda mano, ocultándose de improbables clientes en la cámara de alguna furgoneta megalítica, y cuando al fin dabas con él, saludaba con resignación: «Aquí, esperando que llegue el año pasado». Vestía un mono de trabajo blanco jaspeado de óxidos, y siempre que salía al exterior se ponía unas antiguas gafas de soldador con montura de aluminio.

—Son para ver lo menos posible.

Pero Doctor Futuro atendía con interés personal el Dos Caballos de Santacruz, encariñado con su «motor memorioso». También se contaba que cuando nació, Antón Santacruz ya vino con memoria, y que Saleta exclamó cuando lo trajo en su canasta de pescadera: «¡Se me apareció!». Y tenía razón. Antón siempre aparecía. Basculante como una chalana en tierra, el Dos Caballos se movía muy despacio, pero las ruedas nunca desistían de andar. Y allí aparecía Antón Santacruz. Donde tenía que estar. Y donde no tenía.

—¡Abre la guantera!

—Hace años que no la abro, sargento. ¿Quién sabe lo que hay ahí?

—Ábrela.

—Puede ser peligroso. Ratones, avispas asiáticas...

—Abre de una vez. Así. ¿Qué llevas ahí?

—¿Dónde?

—En la caja.

—¿Qué caja?

—La única caja que hay. Trae aquí.

—Medicina. Ya se ve lo que dice. Ibuprofeno.

Dentro del paquete, sin más camuflaje, una pequeña bolsa plástica con hierba.

—Ibuprofeno de berza —dice con sorna Ben-Hur, después de abrir y oler la bolsa.

Y él, en vez de callar, todo elocuencia.

—Yo qué sé, sargento. Es cosa de la industria farmacéutica. Yo no comí mierda de adivino para saber lo que te dan cuando pides Ibuprofeno.

—¡Salid del coche! —ordenó el sargento.

—¿Y la Olinda también?

—¡No, la perra no!

Olinda había estado todo el tiempo en silencio, como yo. Pero cuando nos ordenaron salir para el cacheo, se puso a ladrar con la furia de quien tiene que saldar todas las cuentas de la historia en un control de tráfico. Era otra herencia de la madre. Olinda no tenía propiedad que vigilar, excepto al propio Santacruz. Y lo hacía como si fuese su último cachorro.

Yo había resistido en posición ausente. Al contrario de Antón, mi estrategia era huir. Contaba mis victorias por el número de huidas. Admiraba a aquel general romano que vencía al enemigo a fuerza de escapar de él. Pero esta vez iba con Antón Santacruz, y la huida no era una opción. ¿De quién y por qué iba a tener que escapar él en Oeste? De nadie. Nunca. Con razón o sin ella.

Las manos apoyadas en el coche y las piernas abiertas.

—A ese mírale bien en el moño —dice el sargento al guardia por mis trenzas rastafari—. Puede llevar ahí escondido un kilo de mierda.

—Quisiera preguntarle algo, sargento —dice, de repente, Antón.

No, por favor, que no pregunte.

Pero allá va:

—Si yo fuese un narco, todo un señor capo, quiero decir, ¿cuánto tendría que pagarle para que mirase para otro lado?

Siento en mi cuerpo el miedo de un seísmo en el que el epicentro siempre es Antón Santacruz. Pero en esta ocasión, no hay golpe. No hay temblor.

—¡Eres un bocazas! Algún día vas a tener que destocar esos himnos —le dice Ben-Hur.

Esa frase algo tenía que ver con la memoria de Oeste. La banda de música siempre tuvo mucha fama. Había una tradición, los instrumentos se heredaban, y también parecía que había un sendero en el aire que atravesaba el tiempo por donde iba y venía el solfeo. Y la gente de este mar también tenía otra fama. La de ir contra el mundo. Era algo muy antiguo. Como si Oeste ya se hubiese fundado así, contra el mundo. No sé explicarlo, no es algo que te enseñen en la escuela, pero la gente sabe lo que eso significa. El caso es que la banda de música de Oeste tenía fama de tocar bien, y en especial, con mucho espíritu, los aires revolucionarios. Ya desde *La Marsellesa* y el *Himno de Riego*. Y bordaba *A las barricadas* o *La internacional*. La banda era muy solicitada en los tiempos de la República. Era un reclamo para la gente. Mi abuela Herminia contaba que hacían de la protesta una romería. Ella empezaba el relato alegre, pero al final se ponía amarilla, como en un mal viaje. Cuando el golpe militar acabó con la República, llegaron los falangistas a ocupar Oeste y meter más que miedo. Lo primero que hicieron fue reunir a la banda de música. Un gerifalte gritó: «¡Ahora vais a destocar lo que habéis tocado!». Y tuvieron que interpretar las partituras del revés, del final al principio, como un derrumbamiento del aire.

Así que el sargento sabe bien lo que le está diciendo. Y Antón Santacruz entiende el mensaje. Pero él, que nunca se acobarda, todavía tiene el valor de contestar:

—El monstruo que todos llevamos dentro, alguno lo lleva por fuera.

—¡No empieces con indirectas! —dice el sargento.

No, miedo no tenía ninguno. Y en realidad, le daba poco a la hierba. Para echar unas risas alguna noche en el dique, al lado del faro. No era el sitio más discreto. La cuadrilla de los Erizos, colocándose en el faro. Supongo que desde el ventanal del bar Morcego nos miraban como al videoclip de la generación perdida de Oeste. A veces creo que nos reuníamos allí porque nos colocaba más la luz giratoria del faro que la maría.

También nosotros mirábamos hacia el ventanal del Morcego como a una pantalla. Más que nada, por si aparecía Nor. El verdadero combustible de Antón Santacruz era el café de máquina. No cualquier café. El café de máquina. Y más en concreto: el café de máquina del Morcego. El café de Nor.

—¡Tu café me hace inmortal!

—Eso será porque no tienes dónde caer muerto.

—Tengo el mar entero. Además, la funeraria se llama Paraíso. En Oeste, tenemos que ir al Paraíso en coche fúnebre. ¡Qué buena pareja haríamos, Nor! Todos los montescos y capuletos del Morcego detrás, en la comitiva. Y el viejo Charrúa, en el Minauto, con la gran plañidera, conduciendo sin carnet hacia la eternidad.

—De mi padre no hables, ¡ni aunque sea para bien! —espetó Nor, muy enojada—. Toma el café y vete.

—¡Voy a embarcarme hacia el más allá!

—Eso. Vete a vender pérdidas.

Ella regentaba el Morcego. El viejo Charrúa estaba en su propiedad habitual, una mesa esquinada, con la cabeza oculta entre las páginas del periódico. En la versión de Santacruz, las lápidas del periódico. Era costumbre de los clientes de más edad el demorar la lectura en la sección de esquelas. Solo se movía de allí durante el día para algún mandado de Nor y manejaba, sí, el Minauto, un cochecito de los que se conducen sin carnet. Ella había emigrado de joven, como otra mucha gente en Oeste, a trabajar en Suiza. Había encontrado un lugar donde se sentía bien, un hotel en la orilla del lago Thun. Después de un año limpiando habitaciones, consiguió un empleo de jardinera. Demostró pronto que sabía tratar con la tierra y que se llevaba bien con las plantas y con las herramientas. Para Nor fue un contratiempo tener que volver a casa, y todavía más tener que quedarse. Había regresado por la enfermedad de la madre, a quien guadañó muy pronto un cáncer de páncreas, y cuando Nor pudo levantar algo la cabeza se encontró con un padre desatornillado. Esa fue la expresión que él utilizó, «estoy desatornillado», y resultó acertada. Se había desatornillado de la vida. Así que ella decidió quedarse. Encargarse del bar Morcego. Había días en que se arrepentía de haber asumido aquella atadura familiar, poseída por un rencor cada vez más pegajoso, como una clase de bruma que parecía venir del Inframundo con la intención hostil de borrar Oeste. No era soledad lo que sentía, ya le gustaría estar sola, sino la presencia desagradable de una especie de doble, de otra Nor afeada, desaliñada, irascible. Cuando se liberaba de la abducción de esa enemiga, volvía la Nor animosa y sonriente. Quería transformar el viejo local del Morcego y convertirlo en un pequeño hotel «con encanto», un comentario que le valió la chanza de la cuadrilla de los Erizos. Había comenzado por arreglar para alojamiento dos de los cuartos. En la desadornada y austera Oeste, los vecinos vieron florecer la casa Morcego, con jardineras de begonias, geranios y alegrías en los balcones. Y los rosales de la terraza. Pero esa Nor no tardaba en decaer y en su lugar tomaba el mando la Nor huraña. Ojalá la niebla borrase todo de una vez. También al padre esquinado, entre las páginas lapidarias. Ojalá borrase a la cuadrilla de los Erizos, con su tufo a mar y marihuana. Ojalá callase para siempre ese bocazas llamado Antón Santacruz.

—Ah, yo sé que si difunto, Dios no lo quiera, Dios sea bueno y el Demonio también, y el forense abriese mi corazón, allí aparecería impreso tu nombre, Nor, rosa de los rosales polares. Todo está ahí indicado...

—¿Dónde está indicado?

—En la borra del café.

—¡Anda, vete a por los erizos! Toda Francia está a la espera.

—También yo sé esperar, Nor. Nos amaremos como insólitos espectros en el espacioso camposanto de Brañas Verdes.

—¿Pero tú no eras inmortal?

—Insólito. Me equivoqué en la metáfora. ¡Ser soy insólito! Y tú también.

El viejo Charrúa asomó, sombrío, detrás de las lápidas de papel.

—En Brañas Verdes, en lugar sagrado, algún vándalo, que no andará muy lejos, pintó con brea la injuria de *¡Furtivos!* En la mismísima tapia del cementerio. No respetáis nada, ni a los muertos.

No esperábamos aquella acusación de profanación y ofensa a los difuntos. Me pareció un buen momento para una estratégica escapada, pero Antón miró al viejo Charrúa como a un rezagado de la Santa Compaña.

—¿Y quién sabe si los muertos quieren estar en paz? Todavía hay algunos que votan desde La Chacarita, el gran camposanto de Buenos Aires. Y no se equivocan de partido, no. Además, llamar furtivos a los difuntos no es un insulto.

De repente, se desentendió del viejo, se acercó al ventanal orientado hacia el mar, y habló con un inesperado pesar:

—Además, todas las almas son furtivas.

Su voz sonó por una vez extrañamente seria. Él mismo pareció sorprendido de sus propias palabras. En el aire del Morcego aquel decir, alado e inquieto, fue saltando de cabeza en cabeza, como uno de esos pensamientos que hace pensar. El viejo Charrúa notó ese zumbido de extraño insecto hasta que lo aplastó con la mano y él desapareció otra vez entre las lápidas de papel. Nor miró a Antón con curiosidad. Como a un forastero. Uno de esos navegantes solitarios que fondean en Oeste o el caminante de la ruta de los faros que carga la mochila histórica como un saco lleno de estrellas fugaces. Durante un tiempo, son nuevas verticales en marcha por la Línea del Horizonte, en la ruta de los faros. Hasta que un día se van. Se despiden. O no.

Que Nor lo mirase así, como a un desconocido, era más de lo que Antón podía desear. Así que pidió otro café de máquina.

—Ponme otro chute, nena. Hoy salimos los zombis al mar, ¿no es así, Jimmy?

Yo callé y pagué.

Antón era un valiente, no un bravucón, y yo lo admiraba como a un héroe del mar. La valentía era su herramienta de trabajo. Era un furtivo. Llevaba años a la espera de un carnet oficial para mariscar. Pero siempre lo dejaban al margen. En lista de espera. En el corredor de la muerte, decía. Según él, era cosa de Ben-Hur, del sargento.

—Pero yo no le voy a ir llorando por un carnet. A mí el carnet me lo da el mar.

Erizos, percebes, algas. Esa era la donación preferida de Antón Santacruz.

Pero el mar da de todo.

Yo trabajo con un pequeño pesquero, la motora *Herminia*. Empecé con mi padre y, desde hace poco, desde que él se retiró, aguanto solo, aunque no es bueno que un hombre ande solo en el mar. La soledad es buena para quien la quiera, pero no para estar en el mar faenando. Ahí eres un intruso. Tienes las manos ocupadas con seres a los que arrancas a traición de la vida. Se resisten, aunque los amputes, aunque les quites los ojos o les desgarres la boca. En eso, en lo esencial, son como personas. En que resisten. La mirada del congrio. Si pudiese, te mataría. Yo eso lo entiendo. Mi padre, cuando me oía alguna de estas libertades, me soltaba: «Tú lo que tienes que hacer es ir a cortar esas greñas de una puñetera vez». También entiendo a mi padre. No puedes darle vueltas al sentido de la existencia mientras faenas. El sentido de la vida, en ese momento, es sobrevivir. Ya tienes de más con ocuparte del mar, del cielo, del barco y de esos bichos que se resisten. De ese pequeño pulpo que inesperadamente se pega a tu brazo con las ventosas, y que te despellejaría si pudiese porque le has jodido la vida para siempre. Otra cosa, otra bien diferente, es navegar en solitario. Navegar por navegar. Largarse. Huir. Eso es lo que a mí me gustaría de verdad. Pero para eso hay que ser un valiente. Para huir o para no huir. Como Antón Santacruz. Siempre que puedo, lo embarco en la *Herminia*. Le doy trabajo en la temporada del pulpo. Necesito esa ayuda para sentirme seguro mientras levanto las nasas. Pero, sobre todo, lo llevo conmigo para no hablar solo. Yo creo que el mar se da cuenta de la gente que habla sola y que se inquieta, se agita. Lo llevo conmigo porque con Antón Santacruz puedes charlar de cualquier cosa. Incluso del miedo a la mirada del congrio o de la culpa al mazar el pulpo sin que se eche a reír, sin que piense que tienes el casco averiado. Y eso es lo que hice este año. Salir al mar con Antón Santacruz.

—¿Ves lo que yo estoy viendo?

Era una baliza marítima de color rojo y un mástil con un banderín. Un instrumento extraño en aquella parte de la costa. Y la extrañeza aumentó con las cuatro boyas fluorescentes que flotaban en su entorno. Con una cierta simetría en las distancias. Nosotros, en Oeste, para amarrar y localizar las nasas, utilizábamos a modo de boyas las grandes garrafas de combustible, de veinte litros, una vez vacías. Pintábamos las iniciales de la embarcación. *Her,* en nuestro caso. En aquella baliza y en las boyas no había ninguna inicial. Y eso hacía todavía más extraña su presencia. Nadie deja una boya así sin marcar de algún modo.

—¿Echamos un vistazo? Ayúdame —dijo Antón, que ya estaba izando la baliza antes de preguntar.

Nos quedamos absortos. Era un instrumento muy sofisticado para lo que se veía en nuestras aguas. La baliza estaba nueva, del trinque. Como un satélite recién amerizado, enviado desde otra civilización.

—Joder, ¿y esto qué hace aquí?

Acoplado al flotador, un chisme electrónico, en funda hermética. Los dos sabíamos lo que hacía. Y lo que estaba haciendo en ese momento. Enviando señal. Un geolocalizador. Habíamos hablado de ese invento que se utilizaba ya para el seguimiento de grandes redes de deriva en pesca de altura, como las que capturan el pez espada. Pero nunca lo habíamos tenido tan cerca. Como una lapa en la mirada.

—¡Esta baliza vale un pastón! —dijo Antón Santacruz, feliz con aquel regalo del mar.

Pensé: Hay que tirarla, hay que tirarla ya.

—Y ahora —dijo Antón, eufórico—, vamos a ver qué carajo pintan estas boyas aquí.

Izó una y empezó a tirar del cabo. Unos treinta brazos.

—¡Hostia! ¡Ayúdame!

Sí, cada vez más eufórico. Tenía en los brazos un fardo.

Pensé: ¡Tíralo ya!

Dije:

—¿Qué hostia es?

—¿Qué va a ser? ¿La Virgen del Carmen?

Sabíamos lo que era. Ahora pienso que, desde el primer momento, sabíamos lo que era. Solo faltaba un puto letrero que dijese: «Farlopa, propiedad privada». O: «Droga fondeada. Disculpen las molestias, estamos traficando».

—¡El mar es una mina, tío!

De vez en cuando, alguna ola vagabunda rompía a lo lejos, allá por Punta Queimada. Los salpicaderos de espuma delataban las rocas sumergidas. Habíamos pasado días atrás un fuerte temporal. Ahora ya se podía faenar. Busqué con la mirada y no se veía ninguna otra embarcación. Mejor así. O no. El mar estaba en calma, pero a mí me parecía desasosegado. Todo en suspense, al acecho. Debería estar feliz como Antón Santacruz, pero temblaba por dentro. Me sentía como un localizador, emitiendo señal hacia un punto de control en algún sistema exterior.

Sí, era cocaína. Antón había perforado uno de los fardos. Reía, hacía el gesto de esnifar, con un sonido nasal cómico, exagerado, al inspirar sobre el dedo índice. Entre los cuatro fardos, calculó, unos ochenta kilos.

De repente, cambió de expresión. Se frotó las manos, pensativo. Me miró.

—Estás pálido —dijo.

—Estoy acojonado, Antón.

Él había tomado las riendas de todo. Era el capitán. Pero solo ahora parecía consciente de que detrás del tesoro había un riesgo. En el mar, faltaba otro letrero: «*Danger,* no tocar».

—¡Espabila, Jimmy! Vamos a dejar el escenario impecable.

Arrojamos al mar la baliza y las boyas, con una nasa en cada cabo, y procurando situarlas en la posición que tenían cuando las descubrimos.

—¿No habría sido mejor darle un martillazo al chisme?

—No —dijo él, con seguridad—. Lo mejor es que quien sea no pierda la señal. Estará más tranquilo.

—¿Y qué hacemos ahora con el perico?

—Lo guardamos en tu casa.

Lo miré con horror.

Se rio.

—¡En tu colchón, Jimmy!

Al día siguiente vimos la baliza y las boyas a la entrada del Morcego, como a veces ocurría con otros pecios. Quedaban allí en exposición por si a alguien le interesaba comprarlos. Había pescadores curioseando. Les llamaba la atención el localizador. Estaba allí, en el mismo sitio, en la baliza. Supongo que emitiendo. Si alguien decidiese ir a la búsqueda del cargamento, el GPS no lo llevaría al fondeadero de Trespés. Acabaría justo en la terraza del bar Morcego.

—¿Y esas boyas están a la venta? —preguntó Antón a Nor.

Era la Nor que había vencido a la niebla, así que respondió con otra pregunta:

—¿Hoy no tomas café de máquina?

—Sí, claro, ¡doble!

—De las boyas sabe mi padre. Creo que las trajo Bautista.

—¿Bautista?

Era una de las leyendas del mar de Oeste. Bautista era más veterano, pero se llevaba bien con la cuadrilla de los Erizos. Su cabeza era un memorial de todos los naufragios. Y era el primero en ir al raque y encontrar lo que el mar vomitaba o escondía. Eso sí. Por mucha amistad que hubiese, los pecios eran asunto aparte. Lo que descubrías te pertenecía. Podías compartirlo si era algo que requería ayuda en el rescate. Pero la baliza y las boyas no las había arrastrado el mar. Solo había una explicación. Bautista había ido con su barca al mismo banco poco después de nuestro hallazgo. Poco después, pienso, porque lo raro es que no fuese él el primero en ver las extrañas boyas tipo torpedo. Antón y yo nos miramos. Morse silencioso. Estábamos preguntándonos lo mismo. ¿Qué llegó a ver Bautista? Si nos vio, ¿sabe que tenemos los fardos? ¿Lo sospechó, lo sospecha? Lo que desde luego sabía Bautista es que quienes habían colocado allí la baliza y las boyas «torpedo» no lo habían hecho para pescar cuatro pulpos.

La barra del Morcego estaba desierta. A Nor se la oía canturrear en la cocina. A esa hora solía preparar las tapas del mediodía. Nos acercamos al viejo Charrúa. Leía las esquelas.

—¿Qué, patrón, cómo va la producción de difuntos?

Esta vez no pareció molestarle la presencia del Erizo. Chascó la lengua, como solía hacer en los buenos tiempos:

—¡No hay queja! Está bastante surtida.

—¿Cuánto pide Bautista por las boyas?

—Creo que ya están vendidas.

—¿Cómo es eso? —preguntó Antón sorprendido.

—Un tipo que pasó por aquí por casualidad. Venía en un cochazo. Un tanque.

Estaba de buen humor, sí: «Podría meter mi Minauto en el maletero».

—¿Y el trato está cerrado?

—¡Ah, no sé, ni idea! Yo le di el número de teléfono de Bautista. Si hay arreglo, ya vendrán a por las boyas.

Cuando estábamos a punto de salir del Morcego, Antón Santacruz se volvió hacia el viejo Charrúa.

—¿Cómo era ese cochazo?

—¡Un tanque, ya te dije!

—¿Recuerda algo más?

Nor empujó la puerta abatible y se plantó en la barra.

Dijo:

—¡Un todoterreno Grand Cherokee, color blanco!

Y se volvió a la cocina.

Antón Santacruz estaba preocupado. No era la primera vez, pero en otras ocasiones se desprendía del agobio con una sacudida de cabeza. Como cuando buceas y te queda agua en los oídos.

Cada minuto, hacía una llamada al teléfono móvil de Bautista y daba desconectado.

Estábamos en el Dos Caballos, aparcados al término de una pista forestal. Las hojas de los helechos llegaban a la altura de las ventanillas. Delante, a unos diez metros, el acantilado. Desde el mar, cualquiera diría que era un coche abandonado. Ese era el destino de muchas máquinas. El final de viejos caminos en desuso, que iba reconquistando la maleza. Tractores, excavadoras, antiguos titanes de metal. Los que conservaban faros recuperaban un instante de luz con la llamarada del crepúsculo más allá de Touriñán y Fisterra. Eran asentamientos casuales para la cuadrilla de los Erizos. En uno de aquellos depósitos de tristes monstruos oxidados, Antón había encontrado incluso una bicicleta estática. No funcionaban los contadores, pero sí se podía pedalear. En el borde del acantilado, por turnos, corríamos veloces e inmóviles en la Línea del Horizonte.

Habíamos ocultado los fardos en una gruta de la playa de la Barda. Antón razonó así: es mejor un lugar escondido, pero no de muy difícil acceso, porque si nos ven yendo y viniendo por lo es-

34

carpado, vamos a dar que hablar. Por ahí, por el sendero del Roncudo, solo andan los trasnos chalados de la ruta de los faros. Y en la Barda solo paran pescadores, de vez en cuando, y no se van a extrañar de vernos a nosotros allí. Podemos faenar y recalar con la *Herminia*. Mientras esperamos, es el lugar perfecto.

Mientras esperamos, ¿qué?

Habíamos transportado los fardos en el Dos Caballos. Camuflados en grandes sacos de *himanthalias*. Esa era la coartada. Íbamos a extender las algas para secar.

—Llevo unos espaguetis del mar, sargento. De algo hay que vivir.

Ben-Hur se desentendió de las algas y señaló hacia la pegatina del parabrisas.

—Tienes que pasar la revisión del coche. Este mes se te acaba el plazo.

—Ya lo llevé al taller. Tiene artrosis reumática. Estamos en eso. Gracias por el aviso.

Creo que Ben-Hur se quedó preocupado. Era la primera vez que el Erizo le daba las gracias por algo.

Yo intentaba huir mentalmente. Me había deshecho el moño. Por lo menos, el sargento no mandaría hurgar allí al guardia, eso esperaba. Tenía obsesión con mi moño solo porque un día encontraron una china de hachís oculta en el pelo. Por una pizca de costo, lo que dio que hablar el moño del Jimmy Cliff de Oeste. Jimmy

Acantilado, me vacila Santacruz. Él, el Erizo, es puro óxido de heavy metal. Dice que el reggae le da pereza. Él necesita un motor de explosión. Me vacila: «Tío, llega un momento en la vida en que hay que saber elegir entre Machine Head o la momia de Haile Selassie».

La operación escondite en la Barda había salido macanuda. Es una gruta que mete respeto. En el interior, necesitas una farola o una linterna para moverte. Habíamos hecho una especie de doble pared con cantos rodados, trozos de aparejos y los troncos y maderos que arroja el mar. Terminamos cansados, pero con buen rollo. Y yo lo necesitaba para quitarme el síndrome del localizador lapa. Me parecía que mi cuerpo aterrorizado emitía señal a todos los criminales del planeta. Hasta entonces, me había dejado arrastrar. Pero después de esconder la fariña, empezaba a creer que el sueño era posible. Que el mar nos quería, nos quería Neptuno, nos quería Poseidón, y nos habían elegido para regalarnos una fortuna. Que íbamos a ser ricos, muy ricos.

El plan era dejar pasar el tiempo. Silencio absoluto. No contárselo ni a la perra Olinda: por eso no la llevamos a la Barda. Seguir nuestra rutina en todo, con una excepción. Nada de petas, nada de porros, nada de mierda. Ni una calada. Ni nada de farmacia. Abstinencia total. Solo pensarlo, en lugar de angustiarme, me hacía más fuerte. Respiraba el mar como metanfetamina. Cuando llegase el momento, cuando el asunto quedara dormido, haríamos el contacto para vender la mercancía.

—¿Qué contacto?

—Tú tranquilo, déjame a mí —dijo Antón Santacruz.

Desde la primera llamada, habían pasado ocho horas. Yo salía de vez en cuando a pedalear en la bicicleta estática. Pero Antón Santacruz no se movía, atento a que se iluminase la pantalla, a que Bautista devolviese las llamadas de una puta vez. La última ascua de sol se hundía por Fisterra y no había señal del amigo.

Y no la hubo al día siguiente. Ni pasado el día siguiente.

Bautista vivía solo, en una casa apartada, tipo chalet. Estaba casado, pero su mujer trabajaba en la hostelería, en Canarias. Él no había querido seguirla. Iba por temporadas, pero siempre volvía.

—Hay que pasar por su casa —le dije a Antón.

—¡Estás loco! No podemos ni acercarnos por allí. Estarán esperando. Casi seguro. Eso es lo que debe de estar pasando. Que esperan a quien se interese por Bautista.

—Pero algo hay que hacer.

—Tú tranquilo, déjame a mí —volvió a decir Antón Santacruz.

Nadie sabía nada de Bautista. Preguntábamos por él con aire de normalidad. ¿Lo habéis visto? ¿Sabéis algo? ¿Cuándo vuelve? Habrá ido a Lanzarote, ¿no? Y a otra cosa. Pero había alguien que no cambiaba de tema. Nor devolvía las preguntas. Se la veía preocupada. Intrigada. Allí, en la terraza del Morcego, seguían la baliza y las boyas. Para nosotros como si nunca hubieran existido. Pero allí seguían.

Hasta que apareció Bautista. Había pasado una semana. Y apareció en una playa al norte. Demasiado al norte. Demasiado muerto. En Sabón, donde vierte una central térmica aguas demasiado calientes, en las que se agolpan impacientes hordas de múgiles. La noticia era muy breve. Un puñado de palabras basta para un hombre de mar al que depositan las olas en la arena. Pero en Oeste, en las bocas de la gente, desovó ese puñado de palabras. Se fueron llenando de murmullos e interrogantes. Así, ¿el rostro desfigurado de Bautista se debía solo a la voracidad de los múgiles? Los restos de su barca aparecieron en la zona de Trespés, entre los peñascos, no muy lejos de donde faenaba la *Herminia* y encontramos los fardos. Qué extraño que el mismo mar, las mismas olas, la misma corriente, estrellase la barca al sur y se llevase el cuerpo de peregrinación tan hacia el norte. Y, por empezar por el principio, ¿por qué dejó Bautista encendidas las luces del sótano y el desván de su casa? Eso no se percibía desde el exterior, se supo cuando entraron. Podía ser una casualidad. Pero no para quienes conocíamos a Bautista. Era de la virgen del puño, muy agarrado, y no se le escapaba un kilovatio así como así.

Fue Antón Santacruz quien reparó en la información vecinal de las lámparas encendidas. Yo no le había dado tanta importancia. Fue él quien me hizo ver que Bautista no dejaría jamás encendidas a la vez las lámparas de un sótano y de un desván y se marcharía al mar. Más aún. Bautista no dejaría ninguna luz encendida.

—Cualquiera puede dejar una luz encendida —le dije a Antón.

—Cualquiera sí, pero Bautista no.

Antón Santacruz había llegado a una conclusión, lo podía ver en el mar de fondo de sus ojos, y yo no quería que mi cabeza navegase en la misma dirección. Quería huir. Desviarme. Sacarlo de allí.

—Y lo de la barca y el cuerpo puede tener su explicación. La fuerza de la marea, el mar de fondo. El mar es ingobernable. Es lo que tú siempre dices.

—A Bautista no lo mató el mar —sentenció Antón Santacruz.

A la altura del Morcego, aparcó un todoterreno. Blanco. Si hubiera caído un obús, no nos habría impactado tanto. Pero no era un Cherokee. Un Toyota Land Cruiser. Se bajaron dos hombres. Cincuentones. Uno parecía más viejo, tal vez por el bigote, y también más delgado y hasta elegante. El otro, el que venía conduciendo, el más grueso, llevaba un chaleco tipo safari. Miró la pantalla de un móvil nada más aparcar. Y luego hizo una llamada por otro teléfono. En todo caso, y como diría Antón Santacruz de no estar en silencio, ninguno de los dos tenía pinta de ganarse la vida trabajando. De dar un palo al agua.

El Safari y el Bigotes se detuvieron ante la baliza y las nasas, con un aire de gobernantes de visita que hacen una parada ante una atracción típica. Pensé que era así. Que la baliza con la bandera, rodeada de las boyas, iba adquiriendo la apariencia de un monumento. Un monumento con un localizador que probablemente seguía emitiendo señal. Un monumento que a nosotros, y a toda Oeste, nos recordaba a Bautista.

El Safari, antes de entrar, atendió otra llamada. Había un detalle. Respondió por un aparato diferente al anterior. Era la primera vez que veía a alguien utilizar varios teléfonos móviles a la vez. Más tarde descubriría que su bulto corporal era en parte tecnológico. Debía de llevar media docena de aparatos, uno por bolsillo.

—Buscamos pensión para unos días —dijo el Safari a Nor. Tenía acento gallego, pero habló en castellano.

—Pues esto es una pensión —dijo Nor. De su vocabulario había borrado lo del «hotel con encanto».

—Parece que viene el buen tiempo —comentó el Safari. Con la mirada, hizo un giro de periscopio por todo el bar.

—Parece.

—Una curiosidad. Esa baliza y esas boyas, ¿están a la venta?

—Estaban.

—¿Ya están vendidas?

—No.

—Entonces, ¿están a la venta?

—No. ¿Qué van a querer? ¿Dos habitaciones?

—No. Solo una. Para el señor. El señor es dominicano. De Santo Domingo.

El Safari era el único que hablaba. El otro, el Bigotes, removía en la taza con la cucharilla. Parecía estar buscando alguna idea en el café.

—Sí, entiendo, dominicano de Santo Domingo —dijo Nor.

El Safari se rio abiertamente, pero el Bigotes apenas esbozó un milímetro de sonrisa.

Ahora los cuatro removíamos en las tazas con las cucharillas, sin cruzar las miradas. Hasta que el Safari inició una aproximación diplomática.

—Este sitio tiene fama por sus buenos pescadores. Ustedes son pescadores, ¿no?

—Somos pescadores, pero no buenos —dijo con sorna Antón Santacruz, y tomó un trago de café de máquina—. Antes, con la dinamita aún hacíamos algo. Buenos pescadores, buenos de verdad, son los delfines.

—No le haga caso —dijo Nor—. Estos son pescadores. Y de los buenos.

—¡No hay problema! Donde hay mar, hay sal —dijo sonriente el Safari—. ¿Y qué tal la pesca esta temporada?

Me pareció que era mejor darles algo de cháchara. Ya estaba nervioso con tanto concierto de cucharillas.

—Bueno, aquí trabajamos sobre todo el pulpo.

—¿El pulpo? El pulpo es muy inteligente —dijo el Safari—. El invertebrado más inteligente.

Lo sentí, al pulpo, en el brazo, los tentáculos intentando alcanzar el cuello, los ojos. El mayor experto en la inteligencia del pulpo era Antón Santacruz, de eso estaba seguro. El pulpo que conseguía liberarse de una nasa nunca jamás volvía a entrar en la trampa. Y sabía quién se la había puesto. Cuando un pescador se quedaba de repente sin vista, y eso podía costarle la vida, era porque un pulpo había apuntado un disparo de tinta en sus ojos. Era el dueño de la nasa. Y no fallaba.

Pero Antón Santacruz no estaba, en esta ocasión, con ganas de disertar sobre la inteligencia del pulpo.

Eso pensaba yo.

Dijo:

—Aquí también pescamos muertos. Muertos inteligentes.

—Pues nosotros somos exportadores de pescado —respondió el Safari.

Parecía un chiste. Había que reírse y nos reímos.

—Él lo dice por los naufragios —expliqué como un tonto—. Por eso la llaman la Costa da Morte.

—Ya —dijo el Safari.

Antón Santacruz era impermeable al miedo.

—Bien. Ya tenemos retratado al enemigo —dijo nada más salir del Morcego—. Ahora debemos movernos como peces en el agua. Vamos a joder a estos carroñeros. Vencerlos con la guerra psicológica, con el apoyo popular. Hasta que desistan. Tú tranquilo, Jimmy.

Todavía hablaba con aquel coraje legendario de su estirpe. Como cuando la madre, Saleta, se enfrentó a Ben-Hur, que le decomisó un cubo de almejas recolectado en un coto: «¡Usted sabe que esto está prohibido!». Y ella le respondió: «¡También está prohibido morir de hambre! Los jueces no te dejan morir ni aunque quieras. Mire lo que han hecho sufrir a ese pobre, Ramón Sampedro, que quería morir y se lo prohibieron. Así que si tengo prohibido morir, algo tendré que echar en la cazuela para seguir viviendo. Si muero, son capaces de multarme». Le echó el discurso allí, en medio del pueblo, cada vez más gente alrededor, con cara de aplaudir. Y esa vez, Ben-Hur se dio la vuelta y la dejó en paz.

De esa madera era Antón Santacruz. No conocía el miedo. Y era lo que a mí me mantenía en pie. Incluso se endureció, después del encuentro accidental con los Exportadores. Decidimos llamarlos así, en clave, entre nosotros. Los Exportadores. El caso es que Santacruz exhibía como un guerrero las camisetas estampadas de sus grupos heavy preferidos. Tanto como el café de máquina, me reanimaba verlo apoyado en la barra del Morcego con la camiseta de la mano poniendo los cuernos y con la leyenda *In Metal we trust.*

—Es como lo de Dios en el dólar, ¿sabes? *In God we trust,* dice en cada billete. ¡Eso sí que es una religión seria!

Ni siquiera flaqueó al ver que Nor había roto el muro de silencio y charlaba risueña con el exportador dominicano, un mudo muy locuaz, por lo visto, siempre vestido con su traje de galán y con un surtido multicolor de corbatas.

Allí donde íbamos, al poco tiempo merodeaban los Exportadores en su todoterreno. No era un seguimiento descarado. A veces se dejaban ver y otras se mantenían a cierta distancia, sin perder ese hilo de araña. Sí, llegamos a la conclusión —fue Antón quien lo barruntó— de que estábamos permanentemente geolocalizados. Pensamos también que podía ser por los teléfonos. Fue en aquel período cuando Antón comenzó a dedicar gran parte del día a escarabajear en el teléfono móvil y a rebuscar en internet.

—Descansa un poco, tío. Dejaste la hierba, y te vas a colgar de Google.

—¡Tú tranquilo, Jimmy! El teléfono está desubicado.

Sí, llevábamos con nosotros la señal. En uno de nuestros puestos vigía, entre helechos, cerca de la bicicleta estática, Antón se arrastró bajo el Dos Caballos y encontró un localizador lapa.

—¡Qué hijos de la gran puta! —dijo—. Lo mismo que te ponen un localizador, te ponen una bomba.

Se le había ensombrecido la mirada. La voz.

Mi estrategia del escape, esta vez, me ayudó. Me hizo pensar.

—Si nos matasen ahora, con una bomba, no les valdríamos para nada.

Me alegró mucho arrancarle en ese momento una sonrisa a Antón Santacruz.

—¡Eres un máster, Jimmy! Tú tranquilo.

Nos fuimos a otra parte de la ría, por pistas que solo conocían los madereros. Nos habíamos desembarazado de los perseguidores. Buscamos panorámica en otro mirador natural. Antón se recostó en el asiento. Quería dormir un rato.

—¡Me voy a deslocalizar! —dijo.

Se veía el gran banco marisquero de Leiva. En la bajamar, reaparecían los muros con que los humanos parcelan el mar y los postes que hacen de marcas. En cada uno de ellos, con otro sentido de la propiedad, estaban posados cormoranes. Un gruñido mecánico los hizo levantarse, estirar las alas y echar a volar como ídolos perezosos. Un todoterreno hozaba con impaciencia torpe contra la ladera de una duna. Hasta que el conductor se convenció de que el mejor camino era volver al camino. En un espacio circular, marcado por las roderas de los tractores que transportaban algas, esperaba el Minauto. No quería alarmar a Antón, pero creo que, por el asombro ante aquel encuentro, me olvidé de respirar y eso le despertó. El señor Charrúa solo abrió la puerta cuando el Safari y el Bigotes hicieron lo propio en el todoterreno. El Safari hablaba y gesticulaba, mientras el señor Charrúa permanecía cabizbajo y con las manos en los bolsillos. Al final, se enderezó, dijo algo, señaló en una dirección y dio la vuelta cojeando. Al sentarse en su auto, se ayudó con las manos para acomodar la pierna derecha. Cerró la puerta. Iba tan lento que tardé algo en darme cuenta de que ya estaba en movimiento. Los Exportadores se subieron al todoterreno y tomaron el sentido contrario, levantando su tormenta de arena.

Estábamos rumiando lo que acabábamos de ver, el porqué de aquel encuentro secreto lejos del Morcego, qué sabía, qué información tenía, qué papel jugaba el señor Charrúa, cuando sentimos el ruido de un motor, pero esta vez a nuestras espaldas. No era un coche cualquiera. Era el Land Rover del sargento Ben-Hur. No nos movimos. ¿Qué hacíamos allí? Ver el paisaje. Ahora nos colocamos con el paisaje, sargento. Pero no venía a preguntarnos qué hacíamos allí.

Golpeó con los nudillos y con insistencia por el lado de Antón, hasta que este bajó la ventanilla con hastío:

—Solo vengo a daros un consejo —dijo Ben-Hur—. ¡Largaos cuanto antes!

—Nos iremos cuando usted mueva el coche y nos deje salir —dijo Antón.

—¿Entiendes lo que te quiero decir o no quieres entenderlo? Tenéis que marchar de Oeste por una temporada.

—¿Por qué?

—Hoy no hay tiempo para porqués. Otro día.

Y se alejó hasta el Land Rover.

—¡Yo no pienso irme, sargento!

No se dio la vuelta.

Antón le gritó:

—¡Se le cayó la estrella de sheriff!

Pero Ben-Hur ya no respondió.

Eso era lo que yo quería. Huir. Ya venceríamos, huyendo. Pero Antón Santacruz arrancó el Dos Caballos y tomó justo la carretera contraindicada. La que nos devolvía a Oeste.

Dijo:

—Hoy quedamos con la cuadrilla de los Erizos, ¿recuerdas? Vamos a echar unas risas.

No había nadie en el dique. Ni Falalei, ni Salvador. A medida que anochecía, la luz del faro iluminaba más nuestra soledad. También el gran ventanal del Morcego estaba vacío.

—Creo que Falalei marchaba hoy para Barcelona —dije, para quitarme de la boca tanto silencio—. Se embarca en el *Oasis of the seas,* el mayor trasatlántico del mundo. ¡Tiene diecisiete pisos!

—Eso no es un barco. ¡Es una «hecatumba»!

—En realidad, uno menos —le dije, entre risas—. El trece no existe, por lo de la suerte.

—¿Cómo no va a existir el trece? Si hay diecisiete pisos, existe el trece, y si hay dieciséis, también. ¿Quién cojones decide que desaparece un número así como así? ¿De qué tontería estamos hablando?

Antón le daba la espalda al Morcego, gesticulaba hacia mí, pero yo vi que se encendía una ventana en el primer piso. La ventana de una habitación. Dos sombras recortadas, en simetría. Nor y el Bigotes.

—A mí me dijo Falalei que no existía el trece, porque trae mala suerte —comenté, ofendido.

—Disculpa, joder. ¿Él de qué va, de ascensorista?

—El barco tiene dentro un parque. El Central Park. Por eso se llama *Oasis.* Él tiene que cuidar las plantas y los bichos.

—¿Bichos? ¿Qué bichos?

—De todo. Gorriones, lagartos, grillos...

—¿Grillos?

—Sí, eso dijo. Grillos.

—Joder, Jimmy, hace tiempo que no oigo cantar a los grillos. Deben de estar todos en ese puto barco.

—En el piso trece.

—¡Sí, Jimmy, todos cantando en el piso trece!

Me alegró hacerle reír de nuevo. Se reía con ganas, como si fuese la última risa.

Íbamos hacia Lobeira, donde dormía Antón. En un galpón de pescador que hacía las veces de cabaña. Al cuidado quedaba Olinda, que tenía el arenal para moverse libre. Había una docena de construcciones similares.

De allí venía Salvador, en la moto. Nos hizo señas para que parásemos. Más que señas. Antón frenó el Dos Caballos y bajó la ventanilla. Salvador iba sin casco. Me fijé en eso porque siempre estaba presumiendo de su casco Scorpion. Salva podía perder la cabeza, pero no el casco.

—¿Andas tonto o qué? —le espetó Antón, con tono de enfado—. Esperamos dos horas en el faro.

No parecía oír ni importarle nada de lo que dijésemos. Ni siquiera parecía vernos. Movió los labios. Boqueaba como un pez. Joder, se había olvidado el habla.

—¡No vayáis! —dijo al fin.

—¿Qué pasa, Salva? —le preguntó Antón.

—No vayas, Antón. Por favor, no vayas.

Antón lo miró fijamente. Los ojos de Salva brillaban llorosos y alucinados.

—¿Por qué, Salva? ¿Por qué no puedo ir?

—Olinda —murmuró él.

—¿Olinda?

—¡No vayas, Antón!

Arrancó. Pisó a fondo el acelerador y ya no lo soltó. A bandazos, chirriando en las curvas. Si fuese otro coche, nos hubiésemos matado. Pero el Dos Caballos era un coche memorioso. Había dejado de ser letal.

En el galpón, la puerta forzada y abierta. Tropezamos con el colchón rajado y despanzurrado. Todo en el interior, removido y destrozado. Ni rastro de Olinda. Hasta que oímos gemidos en la playa. Todavía estaba viva. La mirada implorante. La habían dejado tullida. Las cuatro patas rotas. Y le habían rajado de cuajo orejas y rabo. Antón Santacruz se puso de rodillas, abrazó la cabeza sangrienta. Lloraba. Un llanto que me pareció antiguo, que venía de muchos años atrás, y que se confundía con el chirlo del mar.

El ruido tronante de un motor atravesó la noche.

Me pareció que era el momento de decir algo. De hacer algo. Porque Antón Santacruz parecía haberse quedado dormido con la muerte. Y así se me quedó mirando, como un muerto pensativo, cuando le dije que teníamos que salir de allí cuanto antes.

Como él no reaccionaba, le dije más:

—Tenemos que deshacernos del Dos Caballos, Antón. Es como viajar en una diana.

Tenía una idea, y también se la dije. Con miedo, pero se la dije:

—Llevamos el coche a la rampa y metemos en el interior los restos de Olinda. Así se irán juntos al mar. Como una tumba en el mar, el Dos Caballos y Olinda. ¿Qué te parece, Antón?

Lo agarré por los hombros y lo ayudé a levantarse con mucho tacto. Pálido, inmóvil.

—Hay luna creciente —dije, con la secreta esperanza de que eso le devolviese algo de vida. O que la luna me echase una mano.

—Tienes razón —dijo él—. El mar es buen sitio.

Marchamos andando por el acantilado. Nadie podría aventajarnos o darnos caza en esa ruta. Yo tenía un refugio pensado en Oeste. Cuando llegamos de madrugada, el rótulo de DOCTOR FUTURO, oscilante, con aquella voz ronca del viento y la luz bizca, tenía algo de señal de amparo. Nos escondimos detrás de las chapas de una carrocería, al abrigo del rocío y para no ser vistos hasta que apareciese Gonzalo para abrir el taller.

Allí, en aquel hospital de viejos cacharros y el laberinto de chatarra, vivimos como topos mecánicos. Solo Gonz, Doctor Futuro, sabía dónde estábamos. En la carrocería de un Simca 1000, Antón Santacruz permaneció varios días como aquel muerto pensativo que vi por primera vez en Lobeira. El miedo se había apoderado de él. No es que hubiese miedo en su rostro. Su rostro era el rostro del miedo. Su voz era la voz del miedo.

—Cayó debajo del fondo —me dijo Doctor Futuro—. Alguien tiene que echarle una mano.

Y el que casi se muere de susto fui yo. Un día entró en el taller la furgoneta de Elvira, la panadera. Así que era ella la meiga, la que venía a hablar con Antón. Sentí envidia. A mí también me daría la vida una charla con Elvira. No sé lo que le diría a Antón. Es muy hechicera. Por decirlo a la manera de Gonz, esta mujer tiene levadura. La gente espera por su furgoneta de reparto, sobre todo en el largo invierno, no solo por el pan, sino porque transporta palabras viajeras que se van quedando por las casas para dar conversación. El caso es que Antón, después de estar con Elvira, le ha pedido a Gonz el Libre, el ordenador portátil autoconsciente de Doctor Futuro.

—Pero ¿es verdad que tiene conciencia?

—Depende.

Antes de marcharse, Elvira me hizo una seña. Pensé en la estrategia del escape. Vivo con esa contradicción. Tengo tanto temor a ser feliz como a ser infeliz. Pero lo que Elvira me dijo no era para hechizarme. Era información pura y dura. Algo que convenía, por ahora, que no supiese Antón

Santacruz. El tipo hospedado en el Morcego no era dominicano ni exportador de pescado. Era colombiano. Y era peligroso. Por una confusión, en una llamada telefónica supo que tenía por apodo El Treinta y Cinco. Así le llamaron: El Treinta y Cinco. Y pregunta por vosotros de manera persistente. Está rabioso porque habéis salido de su radar. Nor le ha dicho que es muy posible que os hayáis ido a Barcelona, a embarcar en el *Oasis*. De camareros.

—No parece un buen nombre, El Treinta y Cinco.

—No, no lo es.

—Pero ¿y tú cómo sabes eso? ¿Sabe Nor que ibas a venir a vernos?

—Nadie sabe nada —respondió enigmática y creo que enojada—. Pero vamos a ayudaros.

Pensé en los fardos. No habíamos vuelto al escondite, y yo también los había arrinconado en alguna gruta de la memoria. Pensé que tal vez los fardos no tenían cocaína, sino que era un producto desconocido, una especie de miedo prensado que se había ido escurriendo como un líquido viscoso y luego gasificándose y apoderándose de la atmósfera de Oeste. Como un gas psicogeográfico, que diría Gonz.

Antón empezaba a revivir, pero no era el de antes.

No soltaba el Libre durante horas. Sus dedos de animal de roca, la piel correosa, sus uñas de cuarzo pulido, el dorso de las manos curtido y rudo como costra de bálanos, a prueba de las púas de los erizos, se movían ahora en el teclado como el picoteo cilíndrico en la arena de los incansables zarapitos.

Era una concentración taciturna. Había convertido el Simca 1000 en un satélite global. De vez en cuando, Gonz entraba en el vientre del Simca 1000, donde operaba Antón, se sentaba a su lado en la tapicería de skay, y trataba de distraerlo: «¡Pareces un hacker macedonio!». Pero Antón empleaba toda su energía en rastrear el origen del miedo que lo atenazaba, y en esa pesquisa, el conocimiento no parecía liberarlo, sino que lo ensombrecía más y multiplicaba las rejas de la jaula en la que estaba atrapado. Él, todos nosotros, el planeta.

El mundo había ganado un experto en el Mal, pero había perdido la risa de Antón Santacruz.

Cuando hacía un alto, no era para desconectar. Le urgía informarnos sobre los avances en la industria del Mal.

Era auténtico antes, y lo era ahora.

La industria del Mal iba camino de apoderarse del mundo. A veces, hablaba de mafias. A veces, de organizaciones criminales. Había grandes bancos y empresas con fachada virtuosa, que, en realidad, eran tapaderas e instrumentos de poderes criminales. Sabía los nombres. Sabía quiénes se sentaban en los consejos de administración. Yo lo sé. Había Estados que no luchaban en serio contra las mafias porque ellos eran la mafia. El dinero sucio pesaba más que el honrado. Todo era poco para saciar el motor turbo de la codicia: petróleo, armas, coca, diamantes, esclavitud sexual, órganos de niños, carne humana de sacrificables, prescindibles, desechables. Maderas preciosas, marfil, aletas de tiburón. Y la violencia. La violencia no es solo un método para vencer o castigar a un enemigo. Es un producto, un plus en la mercancía. La hace más cara, carísima. Y pone la marca publicitaria. La marca del miedo.

Después de los atentados del 11-S, en 2001, sobre las ruinas humeantes de las Torres Gemelas, el presidente Bush declaró que la prioridad era acabar con los paraísos fiscales, donde todos los demonios tenían sus depósitos. No se volvió a hablar del asunto. ¿Y sabes por qué, Jimmy? Porque al pardillo le hicieron saber que el dinero de los demonios era más seguro y sumaba más que toda la calderilla de la gente legal. Así que lo mejor era considerar que los depósitos de los demonios, de todos los criminales, de todos los expoliadores, de todos los corruptos, de todos los evasores y comisionistas, de todos los tratantes de personas, de todos los que especulan con los alimentos y las medicinas, los que contaminan las aguas y exterminan animales salvajes y deforestan selvas, y desde luego los traficantes de armas y drogas, todo eso que acumulan los demonios es la caja B de Dios.

Casi nunca le había oído hablar de religión. Y blasfemaba lo justo. Pero en aquella inmersión en el refugio de Doctor Futuro, Antón Santacruz empezó a apuntar a las Alturas en su obsesiva búsqueda de los orígenes de la industria del Mal. Temí que hubiese perdido el juicio cuando pasó a referirse de forma habitual a Dios como el Gran Capo. No es que hablase de las finanzas de la Iglesia y del Vaticano, que también. Su fuente de documentación era la Biblia. Había un documento en particular que consideraba irrebatible sobre el modo mafioso en que Dios ejerce su jerarquía, y era la historia de Job.

Buscaba en el Libre.

Leía:

—«Hubo una vez un hombre en la tierra de Us, que se llamaba Job. Era un hombre íntegro y justo, que temía a Dios y se apartaba del mal».

Y a partir de ahí, Antón Santacruz apuntaba a lo más alto; como si el miedo lo armase de valor:

—Bien, pues ese es el objetivo con el que miden sus fuerzas Dios y Satán. No a cara de perro, sino como colegas. Vemos cómo van los ángeles a rendir pleitesía a Yahvé, y con ellos Satán. Y el Dios capo le pregunta al capo Satán de dónde viene, y este le dice muy campanudo: «De dar una vuelta por la Tierra». Y es Dios el que se acuerda de Job, se lo pone en bandeja. Más o menos: «¿Te has fijado en mi siervo Job?». Se lo pone a huevo. Le pasa la dirección y todo. Carta blanca. Haz lo que quieras. Solo una condición. No le pongas la mano encima. Pero, claro, es la primera prueba. El capo Satán con sus sicarios aniquilan todo lo que le es querido a Job: su familia, sus animales, su casa. Todo se va al carajo, y el hombre no es que se resigne, es que bendice a Dios. Esto dice:

Yahvé dio, Yahvé quitó.
¡Bendito sea el nombre de Yahvé!

»Y bien, me pregunto: ¿qué harían hoy con Job los sicarios de Satán?

De tanto insomnio, las ojeras se le habían amoratado. Y las palabras le salían a golpes, tumefactas. Me gustaría abrazarlo. Desconectarlo. Pero Gonz, Doctor Futuro, tenía otra manera de afrontar la situación.

—¿Qué harían, Antón?

—Torturarlo, degollarlo y exhibirlo en las redes. Dios se quedó sin palabras. Le había dicho al demonio en la última prueba: «Ahí lo tienes, pero respétale la vida». El capo Satán infecta a Job de una plaga desde la planta del pie hasta la coronilla. Job rascándose, despellejándose, con una teja. Después de esto, ¿qué se podía esperar?

—La cruz.

—Sí. La cruz. Cristo preguntando: ¿Por qué me has abandonado?

Había un eccehomo en la pantalla móvil. La corona era un alambre con púas.

Lee:

—Lo empapamos de agua y le pusimos un cable de corriente eléctrica en cada uno de los pies. Se rompió él mismo los dientes con el castañeteo. Le inyectamos alcohol en la bolsa de los testículos, le prendimos fuego y brincó tan alto como nunca antes nadie había brincado. Con esposas y todo. Se le despieza poco a poco, lentamente; las uñas, las orejas, los ojos, porque si te desprolijas en la tarea se puede hacer inmune al dolor, superar el umbral, un contratiempo para el torturador.

Me miró con afecto dolorido, porque todo aquello que contaba, y yo lo sabía, tenía que ver con nosotros, con los que tienen un pie aquí y otro allá.

De repente, como quien levanta las palabras del suelo:

—Y el santo Job diría a Satán y sus sicarios: «Nos veremos en el infierno».

Se fue con el Libregonz, el ordenador autoconsciente, hacia su cubil en el Simca. Cuando nos quedamos solos, y porque debió verme destartalado, me dijo Doctor Futuro:

—No te preocupes. Mientras rebusque y rumie, estará vivo. Si no, se tira al mar. O algo así.

Alguien me agarraba del hombro y me sacudía con insistencia. Yo no quería abrir los ojos. Aterrorizado. Sin escape.

Hasta que oí su voz. La voz de Antón Santacruz. Aquella voz.

—¡Otra vez condenados a ser libres!

Era temprano, sobre las seis de la mañana.
Faltaban dos horas para que Doctor Futuro abriese el taller.

—¡Jimmy, loco, despierta! ¡Buenas noticias!
¡Bob Marley está vivo!

Despejado como una lechuza. Habían desaparecido las cavernas de los ojos. Traía el Libregonz conectado y la pantalla del portátil le iluminaba el rostro. Sonriente. Resucitado.

—¡Nos vamos!

—¿Adónde?

—¿Adónde va a ser?

No podía seguirle. Necesitaba tomar algo.
Aunque fuese la achicoria con aroma a gasóleo
que preparaba Doctor Futuro.

—Mira. Me escribió Elvira. Los Exportadores
se han ido.

—¿Así, de repente?

—Sí, de repente. Se han ido al carajo.

El correo de Elvira tenía un enlace. Pinchó en
la línea azul y se abrió una edición digital con un
reclamo de urgencia:

SICARIO COLOMBIANO MUERTO
ESTA NOCHE EN OESTE

La noticia contaba que Antonio José Cadena, identificado como sicario de un cártel colombiano, y conocido en el mundo del narcotráfico por el alias El Treinta y Cinco, había sido abatido por dos disparos de escopeta efectuados por Ricardo Charrúa, propietario del bar y hospedaje Morcego. El anciano acudió a las llamadas de auxilio de su hija, Nor, a quien Cadena estaba golpeando y amenazando de muerte. El sicario se había registrado con documentación falsa, en la que figuraba como dominicano. Con anterioridad, Cadena había dado muerte con un disparo de revólver a Celestino Bideira, *Nuco,* de procedencia gallega y a quien se relaciona con el narcotráfico. A los dos se los había visto juntos en la villa de Oeste, haciéndose pasar por exportadores de pescado.

—Si nos llega a cazar —dijo Antón— sería El Treinta y Siete.

—Y con el Safari, Treinta y Ocho.

Cerró el Libregonz y lo dejó sobre un capó. Me agarró con sus manos de roca. Me abrazó.

—¡Estamos vivos, tío!

Me sentía bien. Tan bien me sentía que por fin expresé la estrategia del escape.

—Estuve pensando algo, Antón.

—Cuenta.

—Estuve pensando en que podíamos irnos al *Oasis.*

—¿Qué oasis?

—El barco más grande del mundo. El de Falalei. El *Oasis of the seas*. Seguro que hay trabajo.

—¿De qué?

—¡Y yo qué sé! De camareros.

Era la primera vez que tenía la sensación de que me miraba con asco.

—¡Yo no quiero ser camarero! Nunca jamás voy a ser camarero. En la puta vida, ¿me entiendes?

Me sentí humillado, hundido. La estrategia del escape no me funcionaría en la vida. Quedé cabizbajo. No sé por qué, me acordé de mi padre. Tal vez debería cortarme el pelo.

—Venga, joder, no pasa nada —dijo Antón, amigándose—. Estamos vivos, eso es lo que importa. Lo que tenemos que hacer es pedirle un coche a Doctor Futuro.

Empezó a latirme el corazón. Creo que estaba a punto de alcanzar los mil latidos de un murciélago.

—Eso es. Le pedimos un coche a Doctor Futuro y nos vamos a por lo nuestro.

—¿Lo nuestro?

—¡Sí, Jimmy, espabila! Lo nuestro. Lo que nos dio el mar.

Oímos a Doctor Futuro forcejear en la cerradura del portalón de hierro. No había tiempo. No podía esperar más.

—Ya no existe —le dije.

—¿Qué es lo que no existe?

—La devolví al mar.

Antón estaba rumiando la realidad. Podía oír los añicos de realidad en sus tripas.

—Te hablo de la coca, entiendes, ¿no? ¿La fondeaste otra vez?

—No. La esparcí.

Doctor Futuro entró radiante. Traía un paquete de café. Y lo alzó como un trofeo.

—¡Natural, Antón! Nada de mezcla.

Su cara me rozó para hablarme al oído:

—¿La tiraste?

Tenía que dejar las cosas claras:

—No la tiré. La esparcí.

—¿La esparciste?

—Sí. Como se hace con las cenizas en el mar.

Se fue por el portalón sin despedirse. Echó a andar por el camino de la costa.

—Vuelve, Antón. ¡Compré café!

—¡Nos veremos en el infierno! —gritó él, braceando una señal de adiós sin mirar atrás.

Yo estaba apesadumbrado. Quemado. Ni siquiera tenía ganas de huir.

Doctor Futuro me dio una palmada y sonrió:

—Tú tranquilo, Jimmy. Él está bien. Está como Dios.

Vivir sin permiso

Este relato se basa en la «idea original» escrita por el autor para la serie de televisión del mismo título.

La lengua bate donde duele el diente.

ANDREA CAMILLERI

Nemo está en su refugio preferido. Un escritorio rodeado por un acuario, donde se mueven peces y seres marinos, como pulpos o rayas. Está sentado y tiene un folio y un lápiz a mano. Sobre la mesa hay un vaso de agua. Una voz que suena imperiosa, como en un interrogatorio, le dice que repita tres palabras: agua, sombrero, bicicleta. Nemo obedece y las repite de forma correcta.

A continuación, la voz de un doctor invisible le ordena que dibuje la esfera de un reloj, con sus números. Después, que señale una hora, las cinco en punto. Nemo obedece. Cuando va a trazar las agujas, se da cuenta de que falta el número 5. La voz imperiosa le dice: «¡Se ha olvidado otra vez! Un fallo en el examen cognoscitivo».

Ahora la voz le pide que repita las palabras del comienzo. Nemo dice: sombrero, bicicleta... Pero no acierta a recordar la tercera. Mira con angustia el agua. Toma el vaso entre las manos. Lo aprieta. Tiembla y vierte agua.

Nemo despierta. Está en la cama matrimonial, con su mujer, Chon. Ella también despierta por el sobresalto del marido.

Chon: ¿Qué pasó?
Nemo: Una pesadilla.
Chon: Tú no tienes pesadillas.
Nemo: No. Yo me las como antes de dormir.

LA LENTITUD DE LOS SEGUNDOS

Nemo se levanta y va al cuarto de baño. Delante del espejo, repite: agua, sombrero, bicicleta. Después, dos frases en latín. Las tiene memorizadas desde su etapa de estudiante en el Seminario Menor:

Fide, sed cui vide: Fíate, pero mira de quién.

Quid dixi, dixi: Lo que dije, dicho está.

Se lava y seca la cara, mientras murmura: agua, sombrero, bicicleta, agua, sombrero, bicicleta.

Al ponerse el reloj en la muñeca, lo mira fijamente y con preocupación. Ni siquiera repara en la hora. Lo que lo tiene abismado es la lentitud de la aguja que marca los segundos.

Chon le pregunta si le ocurre algo, si tiene algún problema. Y es el oír esa palabra, problema, lo que lo hace salir de la órbita pegajosa. La presencia de su mujer, esa voz distante y a la vez inquisitiva, le ayuda a ser irónico, a ahorrarse detalles.

—Tengo un problema, pero todavía no sé cuál es.

Antes de salir del pazo, Nemo despacha con su abogado, Mendoza. Se muestra despejado y resolutivo. Por mucho dinero que maneje, nada de hacer negocios con ese empresario, debidamente investigado para saber de qué lado se acuesta en la cama, y del que han descubierto que consulta diariamente a una experta en tarot. Adelante con el proyecto de construir un hotel de lujo en la costa de Marruecos. Le hace un guiño al abogado: «Creo que será una buena salida para el *Mister*. Gran hotel con gran puerta giratoria. ¡Ni una palabra por ahora!».

En el patio del jardín, saluda y conversa con el jardinero, Crisanto. Se interesa por las hortensias. Satisfecho de recordar el nombre. De las flores y del jardinero. Existe lo que recuerdas.

Nemo: Bonitas, las hortensias. Y resistentes. Parece que arrancan todo el color de la tierra.

Crisanto: Una mano hay que echarles, señor. Y sulfato de hierro.

Nemo: ¿Sulfato de hierro? ¿Y sin eso no da flor?

Crisanto: Lo mejor, siempre, es el agua de la lluvia.

Nemo: Ya. Y esas otras, ¿cómo se llaman?

Crisanto: Azaleas, señor. Siempre le han gustado mucho las azaleas.

Nemo: Sí, siempre. Es verdad. ¡Las azaleas!

«¡LAS MANOS, EN LOS HUEVOS!»

En el coche, conducido por su chófer y guardaespaldas, Ferro, Nemo mira ensimismado una foto que ha extraído de su cartera. Es el retrato de una mujer. Le pregunta al chófer si recuerda a Ada, cuando era joven, y él responde que claro, que quién se va a olvidar de una mujer así. Nemo y Ferro bajan del vehículo en un barrio de casas de pescadores, humildes, del tipo de las construidas en los años cincuenta o sesenta. A esa hora, diez de la mañana, todo está desierto. Ferro abre la puerta de una de ellas, sin problemas, con la habilidad de un cerrajero. En la salita de entrada hay una foto de Ada, de la misma época, pero con un bebé en el regazo. El resto de las fotos son ya de esa niña que estaba en brazos, en diferentes edades. Hasta hoy.

La mujer joven de la última foto que observó Nemo, Lara es su nombre, hija de Ada, trabaja en la cinta clasificadora de una conservera. Ahí la tenemos. El capataz se acerca por detrás, al borde del roce, simula mirar cómo la mujer hace su labor y apoya las manos en los hombros de la trabajadora. Lara se gira al instante, el brazo como un aspa, y le dice, empuñando un cuchillo de filo brillante: «¡Las manos, en los huevos!». El resto de las mujeres ríe y el hombre se aleja con una mezcla de ira y vergüenza.

En la sala y el dormitorio de la casa de Ada, Nemo revisa los muebles. En un armario encuentra un montón de paquetes envueltos en papel de regalo, dos docenas, más o menos. Los coloca encima de la cama. Es obvio que nunca han sido abiertos. Nemo hace una mueca de fastidio. Suspira. Y vuelve a colocarlos en su sitio. Comenta: «No abrió ningún regalo en todos estos años». Entra en el otro dormitorio, más pequeño. En la mesilla hay una foto que parece reciente de Lara con un joven, al lado de una moto de gran cilindrada. Nemo pregunta a Ferro si sabe quién es, y él le informa: «Uno de los locos del grupo del Tigre da Madroa».

Nemo: Todos hemos sido jóvenes...
Ferro: Pero no locos, jefe.
Nemo: De eso nadie está libre, Ferro.

La palabra del muerto

Un inspector de policía, Fito Monterroso, se dispone a grabar el testimonio de un pescador, que recuerda el papel decisivo de Nemo en la historia del contrabando en Oeste. El inspector deja el coche al borde de la carretera y camina entre dunas. Va trajeado, se ha quitado la chaqueta, y llega sudoroso y jadeante a la puerta de un galpón de carpintería de ribera. Al fin encuentra a quien buscaba. Cholo Balarés está pintando una barca. Dice que le va a cambiar el nombre, que ya no le hace gracia lo de *Titanic*. El inspector Monterroso le recuerda que tienen una conversación pendiente sobre Nemo Bandeira. En un encuentro casual, anterior, él le había comentado que iba siendo hora de «decir un evangelio».

—Estoy harto de dar la palabra del mudo.

Para ser un eufemismo, era mucho decir.

Cholo le cuenta al inspector, con cierto tono de leyenda, la primera vez que oyó hablar a Nemo Bandeira. Era el reservado de un bar en el que había una mesa de billar. Señaló con el taco el mapa y preguntó: «¿Dónde estamos nosotros? Aquí, Noroeste cuarta Oeste. *Stricto sensu*. Tenemos una costa formidable, infinita, llena de escondrijos. Un mar secreto que nos protege. Tenemos todo. Tenemos costa, tenemos depósitos, tenemos barcos, tenemos hombres...».

El viejo Balarés toma aliento, sonríe, repasa con la lengua las faltas de los dientes. Finalmente dice: «Y lo más importante: ¡Tenemos huevos!... Sí, así habló Nemo Bandeira aquel día, cuando empezó todo. O casi todo».

El inspector Monterroso también sonríe. Piensa que era un buen momento para seguir avanzando en la historia. Tiene dispuesta la grabadora del móvil.

De repente, Cholo Balarés da por terminada la conversación: «Y esto es todo, inspector. Ahora tengo que pintar la barca».

No hay nada que hacer. Es la palabra del mudo. La palabra del ahogado. La palabra del muerto.

Cuando se marcha el inspector, suena un teléfono. Un viejo aparato sujeto a la pared. El pescador lo descuelga con parsimonia. Escucha la, para él, voz inconfundible de Ferro, el veterano lugarteniente de Nemo: «Recuerda que vives de permiso, Balarés».

Donde lo visible interpreta lo invisible

En un aula escolar, el profesor Umberto Lima, alias Sócrates, pregunta a los alumnos qué piensan ser de mayores. Cuchichean o callan. Uno de ellos levanta la mano y dice: «¡Contrabandista! Yo quiero ser contrabandista». Todos ríen. El profesor le pregunta por qué y el muchacho hace con los dedos el gesto de contar billetes. El profesor explica que el poder del dinero sucio y de las drogas acaba intoxicando a toda la sociedad. «Envenenando el aire hasta hacerlo irrespirable.» Y que eso ocurre en Oeste, aunque no lo parezca. Grandes fortunas hechas sin importar los medios, de forma criminal.

El mar, desde un ventanal. El lugar soñado. Umberto Lima podría estar toda la vida mirando ese filme hipnótico donde lo visible interpreta lo invisible. Si hay gente que vive del aire, él podría alimentarse de esa imagen. Entre página y página, levanta la nariz del papel y le parece que el mar se entremete en la trama y mejora el libro que tiene en las manos. Suena el teléfono. Umberto Lima tiene una intuición y descuelga con fastidio el auricular. Oye una voz que dice: «Recuerda que vives de permiso, Sócrates».

Un comercio de ropa de calidad. Entran Chon y Nina, mujer e hija de Nemo. Nina saluda muy sonriente a la mujer que atiende el negocio. Es una mujer madura con expresión muy seria y hasta dolorida. Nina pregunta qué fue de Blanca, amiga y compañera de colegio. La dueña del comercio responde que su hija ha muerto. Chon permanece callada. Se da cuenta de que fue un error haber entrado en el establecimiento. La señora estalla: «¿Lo sientes? Mi hija murió de sobredosis, sola, tirada en la noche, en una escombrera, bajo la lluvia. Tú qué sabes, tú qué sientes... Eres rica a cuenta del crimen». Y hace un breve y terrible relato acusatorio de la historia de la familia Bandeira. Habla como si su boca fuese el altavoz que emite el tráiler de una película imposible.

Cuando ya va a cerrar, con la llave en la puerta, oye sonar el teléfono. Duda, pero descuelga.

No oye nada. «Diga, diga.» Cuelga, va a marcharse. Suena otra vez el teléfono. Descuelga. No oye
nada. Llora. «Cabrones, cabrones...»

EL BRINDIS ZARISTA

Con motivo de su aniversario, se celebra una
fiesta en honor de Nemo Bandeira. Él toma la
palabra y explica que nunca le gustó celebrar el
cumpleaños. Absolutamente prohibido cantar, se
adelanta a decir, esa memez de *¡Cumpleaños feliz!*
Y peor aún, merecedor del degüelle inmediato,
entonar el *Happy Birthday to You.* Nunca quiso
regalos, ni esas pamplinas. Pero esta vez, quiere
aclarar, hizo una excepción y decidió pedir a su
familia un reloj sumergible, un sombrero, una
bicicleta. Y un vaso de agua. Todos ríen. Nemo
levanta el vaso de agua a la manera de un brindis.
En el otro extremo de la mesa está Adriano Pedrés, el *Mister,* alcalde y senador de Oeste. Nemo
pide silencio. Y anuncia que va a hacer un brindis
muy especial, pero antes quiere decir algo, con su
ya clásica broma: «Antes de hablar, quiero decir
unas palabras». Y de nuevo provoca risas.

El *Mister* Pedrés, un hombre maduro, con aire
de patricio, sonríe y saluda con mucha satisfac-
ción. Pero la intervención de Nemo se va haciendo enigmática. Cuenta que una vez alguien muy
sabio le explicó la razón de por qué no se debe

brindar con agua. Es una explicación histórica. A ese brindis se le llama el «brindis zarista», por el zar de Rusia. Cuando quería felicitar a alguien, el zar levantaba la copa de vino y brindaba por él. Cuando quería demostrar que alguien había caído en desgracia, el zar levantaba la copa de agua para brindar. Y el aludido se levantaba, salía al exterior... y se pegaba un tiro.

Nemo Bandeira levanta solemne la copa de agua.

—¡Un brindis por nuestro *Mister,* el casi imprescindible Pedrés!

Se hace el silencio. Solo se oye en la mesa algún carraspeo nervioso. El senador mira incrédulo a su alrededor, sin saber qué hacer. El único que sonríe, con disimulo, es Mario Mendoza, el abogado y hombre de confianza de Bandeira.

De repente, Bandeira arroja hacia atrás, por encima del hombro, la copa de agua, levanta la de vino y brinda por Pedrés, el mejor alcalde de la historia de Oeste: «¡Todavía hay gente que sabe aguantar una broma!».

Muchos de los presentes se echan a reír, aunque algunos otros se mantienen atrofiados o cautos, extrañados por ese desorden humorístico.

—¡Casi me matas, Nemo! —dice el senador, recomponiendo la autoridad descolorida.

—Por cierto, ¿cómo va lo de la Compañía de Aguas? —pregunta Bandeira.

BARCO, MANZANA, PÁJARO

En una sala de consulta médica. Muy diáfana,
blanca, con mucha luz y algunas plantas naturales.
A solas, Nemo y un médico neurólogo. Nadie, salvo Ferro, sabe de ese viaje relámpago a Barcelona.
Esta noche estará de nuevo en Oeste para celebrar la
Nochebuena. Del Atlántico al Mediterráneo en
la misma jornada, ida y vuelta. Nemo hizo muchos
viajes en el viejo *Shangai,* el tren que unía Galicia y
Cataluña. Antes de entrar en la consulta, piensa en
el *Shangai.* Le parece recordar cada una de las veinti-
cuatro horas del primer viaje, todos los rostros. La
inquieta esperanza en las miradas emigrantes, con
ráfagas de pérdida. El *Shangai* desaparece y Nemo
le explica al médico el sueño en que bebe agua angustiado porque no recuerda la palabra *agua.* El doctor dice que puede deberse a alguna lectura previa.

Nemo: ¿Lectura? Yo no tengo ese vicio, doctor.
*El médico ni siquiera sonríe y Bandeira piensa que
es una pena andar por ahí desperdiciando bromas.*
Neurólogo: ¿No lee nada?
*Nemo: Hombre, sí, algo leo. Las obras completas
de Florentino.*
Neurólogo: ¿Quién es? No lo conozco.
*Nemo: Es un empresario de la construcción. Y pre-
sidente del Madrid. Tiene muchas obras. Interesantes.*
Ahora sí que se ríe. Algo es algo.

Como primera prueba, van a hacer un test de memoria. El llamado MMS o Examen del Estado Mental.

Bromean sobre las palabras.

Doctor: Barco, manzana, pájaro. Repita.
Nemo: ¿Y agua?
Doctor: Agua, no.
Nemo: Barco, manzana, pájaro. Agua, no.

Luego hacen la prueba del reloj. Esta vez es verdad. Nemo tiene que dibujar la esfera con las horas. Todo parece ir bien, pero al dibujar las agujas vuelve a faltar un número.

El médico lo tranquiliza. Van a hacer un test diferente.

Al despedirse, Nemo dice que él también quiere hacerle un test al doctor.

Nemo: Si pudiese escoger, usted qué preferiría, ¿párkinson o alzhéimer?
El doctor se queda en silencio y lo mira intrigado como quien se pregunta si en una persona un hombro puede pesar más que el otro.
Nemo: Pues yo elegiría párkinson, doctor. Lo tengo claro. Mire, me puede temblar la mano y caer el vino de la copa. ¡Pero sé dónde está la botella!

El doctor ríe y dice: Pues eso es lo más importan-
te, señor. Saber dónde está la botella.

Este año, en casa de los Bandeira, la Navidad sí que es especial. Ha vuelto Nina, la hija de
Nemo y Chon. Y ha vuelto para quedarse después
de un largo tiempo en el extranjero, en París y
Londres. En París vivió bajo la tutela de su tía
Gala, artista. Nina estudió también Bellas Artes.
En Londres hizo un máster en gestión de empresas culturales. Y ese es el propósito a su regreso:
abrir una gran galería de arte en Oeste. Cuenta
con el apoyo económico de su familia. Nemo está
entusiasmado.

Nemo: ¡Yo siempre he apoyado la cultura en
Oeste!
Nina (divertida, con ironía): Pero ¿qué hiciste
tú por la cultura, padre?
Nemo: ¿Que qué hice yo? Compré el cine. Ahí
vimos juntos El rey león. *¡Qué maravilla! ¿Qué ten-*
drías tú, cinco años? El siglo pasado, ¡qué barbaridad!
Nina: Ahora el cine son apartamentos...
Nemo: ¿Es mía la culpa? ¡De la gente! Estaba
vacío, como un cementerio.

Interviene Chon, dando palmadas: «Hoy no
se habla de cementerios. ¡Va a nacer el niño Jesús!».

En la casa que fue de Ada, Lara y su novio, Exprés, hacen el amor como dos furtivos, con una mezcla de pasión y angustia. Exprés dice que tiene que irse con urgencia, que le esperan para el desembarco de farlopa. Ella intenta disuadirle. ¿Por qué tiene que ir él y justo ese día? Las de Navidad son las fechas más rentables, explica Exprés. Y el Tigre está empeñado en forrarse cuanto antes.

—Odia a Nemo. Le llama la Abeja Reina —dice Exprés—. Le gustaría tener su poder. Su dinero.

—Ojalá lo odiase por otras razones —dice Lara—. No vayas. No le debes nada.

—Si no voy, me hará creer que le debo algo.

Exprés siempre se marcha en silencio. Hoy no puede. Dice:

—Cuídate, Lara. Eres el único ser libre que conozco en Oeste. Que no te atrapen las jaulas.

SOMOS LO QUE ODIAMOS

Ferro, el conductor y guardaespaldas de Nemo, recibe un mensaje en el móvil. Asoma con discreción a la puerta de la sala comedor del pazo, donde se celebra la cena de Nochebuena. Nemo se levanta y habla con él. Se disculpa ante los otros comensales. Ha surgido una urgencia. Dice con humor: «Parece que en Belén ha ocurrido esta noche algo tan especial que requiere mi presencia». Besa a Chon y a Nina y se despide de los demás con un gesto de hasta pronto.

Una clínica de Oeste lleva ese nombre: Hospital de Belén.

Ferro conduce con rostro tenso, la boca apretada.

Nemo mira hacia delante y dice, como quien habla solo: «¡Nunca me gustaron las navidades! ¡Ni de niño! Colifor, patatas, bacalao, colifor, patatas, bacalao. Mi madre sabía que odiaba la colifor. De eso no se olvida uno. De las cosas que odia». Piensa en decir «Y de las que ama». Pero no lo dice.

Cuando Nemo llega a la clínica, en recepción, el director gerente y una doctora están discutiendo. Se da cuenta de que él, su presencia, es la causa del conflicto, porque escucha a lo lejos lo que exclama con vehemencia la doctora: «¡Él no tiene nada que decir en este asunto!». Se callan al verlo aparecer. El director acude a saludarlo servicial. Mientras caminan por los pasillos, el director explica que los jueces han autorizado, al fin, la desconexión para la paciente Ada Balarés. Han aceptado la petición de su hija, Lara.

La encuentra en la habitación hospitalaria, ante el lecho donde permanece inconsciente y entubada la madre. La joven no se gira ni responde al saludo de Nemo cuando este entra en el cuarto. Los otros —director, doctora y Ferro— se retiran para que queden a solas.

Nemo: La última vez que estuve aquí abrió los ojos.
Lara: ¡Sería por el miedo!
Nemo: ¿Y a ti te doy miedo?
Lara: No. Solo asco.
Silencio.
Lara: ¿Por qué has intentado impedir la desconexión sabiendo lo que sufría?
Nemo: No creo en los milagros, pero en este caso, sí. (Balbucea, corre detrás de una palabra huidiza hasta que la alcanza.) Era mi única conexión con el milagro.
Lara: ¡Eres un puto egoísta!
Nemo: Esa es una opinión demasiado bondadosa, hija.

Exprés pertenece al grupo narcotraficante que dirige el llamado Tigre da Madroa, una organización menor pero rival de Nemo y que intenta ganar terreno con métodos al viejo estilo, con fama de violentos y haciendo alarde de la riqueza inmediata obtenida con el tráfico de cocaína. Aunque no se enfrentan por ahora de forma directa, pretenden moverse con independencia de la red tradicional e intocable que tiene en su centro invisible a la Abeja Reina. A Nemo Bandeira.

Exprés, a las órdenes del Tigre, participa en el desembarco, que se efectúa aprovechando una teórica menor vigilancia policial en Nochebuena. Una planeadora ha conducido los fardos de coca a una pequeña cala resguardada. El desembarco es interrumpido por una intervención de la Guardia Civil. Escondido entre dunas, Exprés envía a Lara un mensaje acordado en casos de emergencia: *Mayday*. En ese momento, lo detienen sin haberse desprendido del teléfono.

Lara no puede resistir las lágrimas. Los médicos acaban de desconectar a su madre de los aparatos que la mantenían viva de modo artificial. Al poco, vive el sobresalto con el sonido del celular y el mensaje de Exprés.

Al salir al pasillo, Lara se encuentra muy inquieta por lo que ha sucedido y lo que pueda suceder. Mira con insistencia el móvil por si hay nuevos mensajes. Nemo le dice: «Déjame ayudarte». Extiende la mano y le pide que le pase el celular. A su vez, se lo entrega a Ferro: «¡Deshazte de esto cuanto antes!». Ferro saca la tarjeta, se aparta por un pasillo y arroja el móvil en un contenedor de residuos médicos peligrosos. Un coche de policía espera a la puerta del hospital. Ferro le dice a Nemo que en un lateral hay una salida de servicio, de lavandería y cocina, y que los recogerá allí con las luces apagadas. Lara se deja llevar.

EL NOVIO CLANDESTINO

Nemo vuelve a su mansión, al pazo Bandeira. Antes, ha indicado a Ferro que deje a Lara en un lugar seguro. Los comensales todavía están en la mesa. Con la excepción de Carlos, el hijo, que se ha ausentado sin dar explicaciones. «Todo bien», dice Nemo. Nina canta una panxoliña, villancinco en gallego:

> *Alá pola noite,*
> *cando o galo canta,*
> *nunha vila santa*
> *que chaman Belén,*
> *naceu un meniño*
> *mortiño de frío...* *

—*Mortiño de frío...* Me la enseñó la tía Gala en París —explica Nina, contrariada, ante la in-

---

* Allá por la noche / cuando el gallo canta / en una ciudad santa / que llaman Belén / nació un chiquillo / muertito de frío...

diferencia con la que es recibida por el resto su dosis de espíritu navideño.

—Tu tía Gala siempre fue muy sensible al frío —dice Nemo con una sorna que apaga cualquier ascua festiva.

Chon: *Estoy preocupada por Carlos.*
Nemo: *¿Por qué?*
Chon: *Se ha ido sin decir nada. Como un clandestino.*
Nemo: *Es que tiene un novio.*
Chon: *¿Un qué?*
Nemo murmura: *agua, sombrero, bicicleta.*
Mira a su mujer fijamente: *¿Por qué no tomamos un vino?*

Más tarde, ya en la habitación matrimonial, Bandeira, sentado en la cama, a medio desvestirse, mira el reloj de pulsera. Los malditos segundos interminables.

Chon: *¡Sabías que Carlos tenía un novio y no me has dicho nada!*
Nemo: *Tú sabes que es homosexual, ¿de qué te extrañas?*
Chon: *Eso se le pasará, como otras cosas. ¡También fue punky!*
Nemo: *No te preocupes. Es un novio de buena familia.*
Chon: *¿Ah, sí? ¿De qué familia?*

Nemo: Es hijo del comisario Lamas.
Chon: ¿El comisario Lamas? Ya está jubilado,
¿no? (Se queda pensativa.) ¿Buena familia? ¡No tie-
nen... nada!
Nemo (sonríe): Pero son honrados.
Chon: ¡Las desgracias nunca vienen solas!

En el despacho de Mario Mendoza, donde fi-
gura como elemento ornamental una gran esfera,
el abogado observa con preocupación a Nemo
Bandeira mientras este lee un reportaje periodísti-
co. Un gran titular: «El mayor secreto de Oeste (I)».
Y una antigua foto de Bandeira en la que se le ve
disfrazado de preso, con traje a rayas de penitencia-
rio y el número 666, en una fiesta de Carnaval.

Nemo lee en voz alta la presentación del reportaje. Será el primero de una serie en la que se
irá contando toda la verdad oculta de la historia
de Bandeira y su ascensión desde sus primeros negocios. Entre otros: contrabando en la frontera
con Portugal, tráfico de emigrantes, tráfico de armas, trata de blancas para la prostitución, contrabando de tabaco, narcotráfico, evasión y blanqueo
de capitales en paraísos fiscales. Así, hasta su actual
condición de gran magnate y poderoso prócer. La
nota periodística termina con una pulla irónica:
«Después de tanto lavado de imagen y gasto en
reputación, un paleontólogo tendría hoy que du-
dar en qué especie de homínido situar a nuestro

personaje: Homo respetado u Homo temido. Bien puede ser una simbiosis del Homo erectus: respetado por temido, hasta su actual condición de gran magnate».

Hacía muchos años que no se publicaba nada sobre el oscuro pasado de Bandeira. De eso se había encargado Mendoza. Bandeira se queja: «¿Qué ha fallado?». El reportaje lo firma Gaspar Costa. Aunque Mendoza dice que se trata de un pseudónimo. Se publica en un periódico de la capital, pero el autor está muy bien informado. El abogado todavía no ha conseguido saber la verdadera identidad. Trata de tranquilizar a Nemo, con una alusión humorística.

Mendoza: Le pondremos una cabeza de caballo en la cama. O mejor, una de cerdo.
El jefe del clan, esta vez, no sigue la broma.
Nemo: ¿Hay alguien detrás?
Mendoza: No, no creo. No creo que sea una conspiración.
Nemo: Siempre hay alguien detrás. Recuerda. Eso es algo que he aprendido de ti.

Pulpos en formol

Nina está seleccionando obra para la inauguración de la galería de arte. Tiene mucho interés en las esculturas de un artista que reside en Oeste.

Trabaja en una nave portuaria y hace obras al estilo Damien Hirst, con animales metidos en formol. Ha ido a visitarlo. La galería se va a llamar Temporal Oeste. Al artista le gusta. Nina ve una obra que le atrae. Pulpos metidos en formol en un cubo de cristal. Parecen vivos al tiempo que inmóviles. Inquietante. Título: *Des-Extinción*. De pasada, cuenta que es hija de Bandeira. El artista cambia de actitud. Dice que no está interesado en vender.

Nina se marcha enojada y le cuenta lo sucedido a Mario Mendoza. Se siente protegida y a la vez atraída por él. Es un tipo decidido, destemido, y al tiempo un seductor que sabe escuchar. Le ha ayudado en la puesta en marcha de la galería y parece que para él no hay obstáculos. Al día siguiente, cuando llega a la sala de exposiciones, Nina se encuentra en el centro del local con la obra de los pulpos en formol.

Lara ha ocupado el puesto de trabajo de su madre en la conservera. Sabe que Nemo es su padre, lo oyó un montón veces a sus espaldas, pero ignora hasta qué punto es verdad o mentira que Nemo sea el auténtico dueño de Costa Oeste. Desde la oficina en un altillo, en compañía de Mario Mendoza y procurando no ser visto, Nemo Bandeira observa cómo trabajan las mujeres en la nave. El capataz se acerca a Lara y le pide, ahora con tono servil, que le acompañe a Dirección.

Ella le sigue con extrañeza, y las compañeras cuchichean. Lara entra en la oficina y se encuentra con Nemo y el abogado Mendoza. Nemo, con las explicaciones del abogado, le anuncia a su hija natural que quiere reconocerla, que siempre lo quiso, pero que nunca pudo convencer a Ada. Y quiere además que sea la nueva encargada de la conservera. Conoce mejor que nadie lo que funciona y lo que no... Con el tiempo podrá dirigir la empresa y, por qué no, todo el grupo conservero. Nemo está contento y no disimula la emoción. El abogado informa cuando se le requiere y mantiene una fría actitud profesional.

Lara permanece en silencio. Se levanta. Mira a través del vidrio polvoriento y empañado de la ventana. Se siente en una pecera. Todas las compañeras están expectantes, la mayoría sonríe: «¡Dale!».

—Lo primero que hay que hacer —dice Lara— es limpiar el cristal.

Hoy a Nemo le parece que la aguja de los segundos avanza más rápida. Se abren las puertas de Temporal Oeste. Hay mucha gente con vestidos y peinados llamativos. «Sería mejor negocio una peluquería que una galería», piensa Nemo. La mayoría parece más interesada en charlar y beber que en las obras que se exhiben. Chon está exultante, también Bandeira. Le llaman la atención los pulpos en formol.

—Felicidades. Está todo vendido, Nina. ¡También los pulpos!

El senador Pedrés se acerca y le comenta en voz baja si ha leído el reportaje. Eso amarga la velada a Nemo. Mira a los pulpos, pensativo. A sus espaldas oye una voz que le sorprende. Se vuelve. Es el excomisario Fidel Lamas. Hacen unos comentarios sobre la exposición, con alguna ironía sobre el arte vanguardista. Pero ambos están interesados en otra conversación. Salen en momentos diferentes y se reencuentran en una zona del paseo portuario, desierta a esas horas.

No dejes suelta una pantera herida

El excomisario está muy preocupado por su hijo, Estéfano. Sabe que tiene una relación con Carlos Bandeira. Estéfano tiene VIH. Ambos jóvenes lo saben, pero con Carlos ha vuelto a la heroína y eso va a acabar consumiéndole la vida. Nemo se compromete a alejar a su hijo. Tiene el proyecto de enviarlo al extranjero. Ha llegado el momento.

Nemo le pide algo a cambio al excomisario. Le muestra con discreción un recorte de periódico y le habla de esa información periodística en la que se anuncia la publicación de una serie de reportajes sobre su historia secreta. Quiere que haga un desmentido de las declaraciones que se le atribuyen en el último de esos reportajes, en las que el excomisario expresa sus dudas sobre el «retiro» de Nemo Bandeira. El titular dice: «Los grandes capos nunca se jubilan». Lamas está incómodo y tenso.

—Voy a rectificar esa información —dice el excomisario—. Declararé que, por lo que me consta, Nemo Bandeira sí está jubilado. Y que no tengo ninguna razón para pensar otra cosa.

Se va sin despedirse. Oye a su espalda cómo Nemo le dice: «Eso es suficiente. Gracias, Lamas». Y añade por lo bajo: «¡A mí no me jubila ni Dios, cabrón!».

Las declaraciones del excomisario se publican al día siguiente. No hay más información. En el despacho matutino, Mendoza explica a Nemo que tiene una lista de las personas que hablaron para los reportajes sobre su pasado. Anuncia que van a enviar también rectificaciones. Mendoza afirma que eso va a paralizar la publicación de la serie. Bandeira pregunta por la verdadera identidad del autor.

—Luis Almeiro, ¿lo recuerda?

—No, no lo recuerdo.

—Usted ordenó... darle un susto —dice Mendoza—. Hace años.

—No lo recuerdo.

—Nunca dejes suelta una pantera herida.

—¿Y eso?

—Lo dijo usted.

—No lo recuerdo —dice Nemo—, pero no es mala frase.

En el periódico *La Hora* deciden no seguir adelante con la publicación de los reportajes. El director explica al periodista Luis Almeiro que ante el número de testigos que se retractan, sería contraproducente publicar los reportajes y podría, además, dar lugar a una demanda judicial. El periodista se marcha decepcionado y deprimido. Mientras conduce, escucha en el noticiario una declaración del excomisario Lamas: «Si no procedimos en su momento contra Nemo Bandeira, es porque no encontramos pruebas de actividades delictivas. Para mí, el señor Bandeira es un emprendedor. No puedo decir otra cosa». Almeiro cambia de emisora. Escucha música clásica. En un tramo de curvas, su vehículo es acometido por un todoterreno que le seguía. Almeiro intenta maniobrar, pero los frenos no le responden. El auto se sale de la carretera. Poco después se escuchan las sirenas de policía y ambulancia. Pero Luis Almeiro ya no oye nada.

El día del entierro de Ada, en el jardín del pazo, Nemo se despide de Chon. Le dice que quiere llevar un ramo de esas flores (y duda sobre el nombre) que a ella le gustan tanto. Esas flores, y señala los camelios.

Nemo: Esas flores...
Chon: ¿Camelias?
Nemo: Sí, camelias.
Chon: Ya has pagado más coronas de las que pueden entrar en el cementerio.
Nemo: Sí, pero quiero llevar ese ramo.
Chon: Bandeira, una cosa... No traigas a esa chica a casa. No le harás ningún bien. Ella ha vivido siempre a su aire. Sin permiso.

LAS COSAS MEJORAN MAL

Al acercarse al cementerio, se dan cuenta de la presencia de fotógrafos. Nemo le dice a Ferro que no se detenga. No irán a la ceremonia. Ferro llama por el móvil y ordena a uno de sus hombres que les avise cuando el terreno quede despejado.

Ya no hay casi nadie en el camposanto cuando finalmente acude Nemo. Lara acaba de despedirse de unas amigas. Nemo se acerca a ella con la intención de abrazarla. Pero se contiene en el último momento.

Nemo: Perdona que llegue tan tarde, cuando ya no hay nadie.
Lara: Tú siempre apareces cuando ya no hay nadie.

93

Nemo: Es que yo soy nadie.
Lara: No te hagas el humilde, que tampoco eres
tan importante.
Nemo: Me gusta cómo hablas. No te achiques
nunca.

Lara le pide a Nemo que ayude a Exprés, que está encarcelado. Él puede hacerlo. Le explica que se encuentra muy malo, enfermo, con una depresión. Ella le quiere. Es la única persona que la ha tratado siempre con respeto. Y cree que si le pide que deje la organización del Tigre da Madroa, lo hará.

Nemo habla con Mario Mendoza y este mueve los hilos para conseguir que Exprés salga en libertad provisional, pero el abogado lo hace de tal forma que parezca que ha habido por parte del preso algún tipo de confesión. De manera intencionada, lo pone al pie de los caballos. No le cuenta nada de esto a Nemo Bandeira.

El Tigre da instrucciones desde la cárcel para que se elimine a Exprés. El abogado Mendoza es, a la vez, informado de que van a atentar contra el novio de Lara. Bandeira pregunta cómo va el caso, y el abogado se limita a responder que todo se va a resolver positivamente.

Mendoza: Se ha hecho lo mejor posible, señor.
Nemo: A ver. A veces pienso que las cosas están
mejorando muy mal.

La relación entre Mendoza y Nina es cada vez más intensa. Los dos descubren que les gusta aventurarse en los límites del placer sexual y comparten la ambición del dinero y el poder.

A Mario le atraen las actividades de riesgo. Una de sus aficiones es el vuelo. Forma parte de un club de Aeronáutica. Invita a Nina a volar. Una forma más del juego erótico: «Podemos ver dos veces la puesta de sol».

El abogado habla con confianza a Nina sobre el futuro de los negocios del padre. Aunque parezcan independientes, todos los gestiona de forma piramidal el Grupo Bandeira, que tiene por cabeza a Nemo, y en el que el propio Mendoza es el primer ejecutivo, además de dirigir el equipo de asesoramiento legal. Es verdad que para reflotar la conservera se ha invertido dinero de negocios «no normales». Mendoza siempre emplea ese eufemismo, o el de negocios «no ortodoxos». En cuanto al dinero, siempre dice: «No hay dinero sucio ni dinero limpio. Esa es una tontería para incautos. El dinero existe o no existe. Y el nuestro existe, nena, aunque a veces permanece invisible». La galería de arte, y la compra de obras, también es un medio para hacer real el dinero oculto. Capitalismo mágico.

Cuando descubre la infidelidad, la hasta ahora compañera de Mendoza, Dora Carballo, también abogada, le amenaza con poner al descubierto su papel en el entramado de corrupción del Grupo Bandeira.

Llegan a un acuerdo. Dora tiene ambiciones políticas y Mendoza impulsará su candidatura como alternativa a *Mister* Pedrés. Se compromete a convencer a Nemo y a utilizar todo el poder del Grupo. Dora desconfía: ella no va a ser el títere de nadie y la organización que apoya a Pedrés está desprestigiada por completo, asociada a la corrupción.

Mendoza se sonríe y sorprende a Dora Carballo cuando le explica la gran operación política en marcha. Se trata de lanzar una candidatura que tenga como primera marca y objetivo la lucha contra la corrupción. Habrá fondos económicos suficientes y de procedencia legal. Incluso el que hagan pública su ruptura, declarando que es por iniciativa de ella, será un primer aldabonazo que abrirá paso a la campaña. Habrá que mover todos los hilos para que la Asociación por el Progreso de Oeste, que agrupa sobre todo a comerciantes e industriales liberales, apruebe el respaldo a esa alternativa, para la que Mendoza sugiere nombre y lema: Nuevo Oeste. «Por un Oeste limpio de corrupción».

Dora: ¿Quieres decir que sería una campaña anticorrupción apoyada por los corruptos?

Mendoza: Quiero decir que sería una campaña para ganar.

Lara ha ido a la puerta del presidio para recoger a Exprés después de que el juez acordara su puesta en libertad. Ninguno de sus compañeros encarcelados, comenzando por el Tigre, ha querido despedirse de él. Han permanecido en un silencio hostil. Exprés está inquieto. Se abraza a Lara. Ya en el coche le cuenta su preocupación: algo raro está sucediendo.

Lara dice que la vienen siguiendo en un auto desde que salió hacia la prisión. Una pareja. Cree reconocer al conductor, un policía, el inspector Monterroso.

En un semáforo, una moto de gran cilindrada, con dos ocupantes, se detiene a su altura. Exprés intuye la amenaza y se abraza a Lara para protegerla. El pistolero que viaja de paquete dispara contra él y trata también de apuntar a Lara. Es cuestión de segundos. En el coche policial, de incógnito, hacen sonar la sirena portátil. Los pistoleros huyen en la moto. Lara sale ilesa, pero el joven Exprés está herido de muerte.

Nemo Bandeira y su hijo Carlos han salido a dar un paseo a caballo. Se paran al borde de un acantilado, desde el que se puede ver el mar abierto y la caligrafía de las nubes en la Línea del Horizonte. Nemo le recuerda que cuando era niño

Carlos pidió de regalo un caballo de juguete que vio en el escaparate de una tienda. Y que el día de los Reyes Magos, Nemo apareció en la puerta del pazo con un caballo de verdad. Carlos había permanecido en silencio, con la mirada perdida en el horizonte, pero se gira reanimado cuando su padre recuerda la historia.

> *Carlos: ¡John Silver!*
> *Nemo: ¿Qué?*
> *Carlos: El nombre del caballo, ¿recuerdas? Te reíste mucho cuando le puse ese nombre.*
> *Nemo: Con John era suficiente.*
> *Carlos: Sí. Tenías razón. La gente acabó llamándolo Platero.*

Nemo cambia de conversación para hablarle de su viaje a Francia, a la Semana de Cría de Fontainebleau, de las de mayor prestigio en el mundo hípico. Todo está preparado. Él ya ha hablado con su amigo Eric, que lo acompañará desde París y se encargará de asesorarlo. Será el primer paso para cumplir su sueño. Y además, un buen negocio. Nemo dice que ahora lo entiende. Siempre pensó en él como su continuador al frente de los negocios, pero que lo importante es que viva su vida. Que abra su propio camino. Ya habrá tiempo para «llevar las riendas del Grupo Bandeira».

La Asociación por el Progreso de Oeste celebra su asamblea anual. Decisiva, pues es previa a las elecciones del poder municipal. Toma la palabra el alcalde Pedrés. Se le nota muy alterado. Habla con enojo. Dice que ha sabido de maniobras en la sombra para sustituirlo como candidato en las próximas elecciones. Que en solo dos días se han incorporado medio millar de nuevos socios a la Asociación que apoya la candidatura, algo insólito. ¿Quién está detrás? ¿Cuál es el objetivo? Pedrés espera que sus palabras surtan efecto. Espera la ovación acostumbrada. Pero su cara es de estupor cuando observa que solo recibe algún aplauso aislado. Y que el público acoge su discurso con total indiferencia.

Es entonces cuando pide la palabra una de las nuevas personas afiliadas, Nina Bandeira. Una intervención rotunda, en nombre de las nuevas generaciones. No hay nadie imprescindible. Se agradecen los servicios prestados. Y ha llegado a Oeste la hora del relevo, de la renovación, y también de la lucha contra los vicios de la vieja política. Y hay una persona que encarna de manera ideal todos esos valores. Su nombre: Dora Carballo. Aplausos. Toma la palabra la aludida, Dora Carballo. Está dispuesta a aceptar el reto. Propone impulsar una candidatura, Nuevo Oeste, con las manos limpias, que saque de las instituciones a los corruptos.

—Parece que Dora estuvo espléndida —comenta Nemo.

—Sí. Hubo ovación, pero no indescriptible —dice Mendoza.

Durante la campaña, al principio, parece que Nuevo Oeste va a triunfar sin dificultades, pero surge otra candidatura, encabezada por el profesor Umberto Lima, Sócrates, un hombre realmente honrado. Sócrates aparecerá muerto, ahogado en el estuario del río Miño. En su casa encuentran un diario, que ha sido manipulado, por el que se atribuye la muerte a un suicidio.

Carlos prepara el equipaje. Suena el móvil. Es Estéfano, su amante. Se ha escapado de la clínica de desintoxicación donde lo habían internado los padres. Está en Madrid, en el apartamento de un amigo, pero no tiene un duro. Carlos duda. Tiene el billete para París. Al final, se decide. Le dice a Estéfano que lo espere. Se hace con la llave de uno de los coches de los Bandeira y pone rumbo hacia Madrid.

Lara visita la delegación bancaria, donde se realizan habitualmente las operaciones del Grupo Bandeira. Aunque hay personas en el mostrador, sale a recibirla rápidamente y solícito el director de la oficina, Pablo Castor. Es él quien presenta a un nuevo empleado —«fichaje», dice—, y lo hace con un cierto orgullo de jefe: Malcolm Sousa, especialista en operaciones internacionales, de origen gallego, hijo de emigrantes y formado en la City londinense en varias entidades bancarias. Lo ha enviado la Central, dado el creciente movimiento financiero que se registra en Oeste.

Malcolm Sousa tiene aspecto de adolescente, como escapado de un colegio. El rostro aniñado, una hora por delante en la mirada. «No se fíe de las apariencias, no se deje embaucar por todas sus propuestas», dice Castor, uno de los amigos oficiales de Nemo. «Parece paloma, pero es un halcón.» Él va a asesorar personalmente a Lara en las operaciones internacionales de la conservera Costa Oeste y en su plan de expansión local para hacerse con otras conserveras en situación crítica. Le pregunta si le gustan los negocios, y ella responde de una forma algo insólita: «No me gusta la tristeza. En una conservera trabajan cien, doscientas, trescientas mujeres. Es muy triste una conservera cerrada, ¿no le parece?».

Nemo le pregunta a Chon qué tal fue el viaje con Carlos al aeropuerto. Ella se sorprende. ¿Qué viaje? Había quedado él en llevarlo, con el chófer Ferro.

Nemo se queda confundido. Explica que ha estado en una reunión donde se decidió la nueva candidatura. Nueva candidatura de quién y para qué. Parece ido. No se acuerda del sentido de la reunión, pero, lo que más le preocupa es no acordarse de si había quedado en llevar a Carlos. No hay problema, dice. Se iría él solo. Ya no es un niño. A estas horas ya estará en Francia, en las buenas manos de Eric Longchamp.

Llama el excomisario Lamas, angustiado. Pregunta si saben algo de su hijo Estéfano. Ha escapado de la clínica de rehabilitación en Madrid. No, no saben nada.

Al colgar, Nemo llama de inmediato a Mendoza. Le explica la situación. Lo primero, que se entere de si Carlos ha tomado ese vuelo hacia París.

Mientras esperan noticias, habla con Chon sobre la memoria. La importancia de la memoria. Le cuenta la historia de un amigo que fue al médico con síntomas de párkinson y de alzhéimer y que dijo que, de escoger, escogería el párkinson. ¿Por qué? Porque no importa que se te caiga un poco de vino. Lo importante es saber dónde está la botella.

Se levantó y dijo: «Yo creo que sé dónde está la botella. ¿Quieres una copa, Chon?». Y sirvió dos copas sin esperar la respuesta.

Sonó el teléfono. Era Mendoza. No, Carlos no ha viajado en ese vuelo.

Un ataúd de importación

En el pazo de los Bandeira anuncian una visita.

—Es Germán, señora —dice la criada.

Ella muestra extrañeza. Nemo sigue preocupado, cavilando en lo que le ha sucedido.

—¿Qué Germán?

—Su hermano.

Germán se había marchado de Oeste, a México, cuando ella se casó con Nemo Bandeira, con el beneplácito del viejo Moliner. El dinero de Nemo había servido para salvar la conservera, al borde de la quiebra. Sin embargo, Germán Moliner estaba en desacuerdo con la entrada del capital de Nemo Bandeira, con el que mantenía una antigua rivalidad a causa de Ada.

A pesar de sus recientes problemas con la memoria, Nemo Bandeira reconoce de inmediato a Germán Moliner. Han pasado muchos años, pero sigue siendo una persona «subida sobre su propia altura», como un día lo definió el propio Nemo. El pelo blanco, sí, pero la misma mirada altanera. No hay mucha ceremonia de saludo. Germán rápidamente entra en materia. Vuelve de México, viene respaldado por mucho dinero, más del que puedan imaginar, y quiere recuperar «lo que era suyo». Nemo mira hacia Chon. Se la ve dubitativa. Germán añade: «Y tuyo también, claro».

Nemo toca un timbre y aparece, casi de inmediato, su fiel Ferro.

—Lleva a este señor a donde él te indique.

Germán se marcha dando voces de protesta. Que a él ya no le asusta ese bravucón de Nemo y que ha venido a su entierro.

—¡Me he traído un ataúd para ese chingado! ¡Cierre hermético!

Al día siguiente, cuando Lara llega a la fábrica, el guardia de seguridad le advierte de que está en peligro. Él mismo acaba de ser desarmado y golpeado. Ella sigue adelante. Su despacho lo ocupan Germán Moliner, sentado en su silla, y dos hombres más con aspecto de matones.

—¿Quién eres tú?

—La hija de Ada.

—Pues baja y vuelve con tus mejillones.

—A mí no me asusta un señorito de mierda como tú.

Germán Moliner oye un rumor de gente, se acerca a la ventana y ve cómo todas las mujeres de la conservera van abandonando sus puestos de trabajo y se dirigen hacia el altillo donde, a modo de puente de mando, está situada la Dirección.

Germán hace un gesto de retirada a sus escoltas.

—Con la turba no se puede tratar —dice, despectivo—. Hay que cortar las cabezas.

Mira a Lara y escupe: «¡Bastarda!».

Los inspectores Fito Monterroso y Marisa Alén tienen una cita con Malcolm Sousa. Es en un antiguo molino desde donde pueden controlar todos los accesos y el rumor del agua protege la charla. Intercambian información, en especial sobre los movimientos de Germán Moliner y sus hilos con Colombia y México. El inspector advierte a Sousa de que tiene que actuar con la máxima cautela: han interceptado algún mensaje en el que apuntan sospechas de que se trata de un agente al servicio de la DEA (la agencia estatal estadounidense para el control de drogas).

Ellos también lo creen. Malcolm los sorprende cuando dice que no trabaja para ninguna agencia ni organización.

—¿Ni siquiera para Wikileaks?

—No, tampoco.

Fue una decisión personal, al tomar conciencia de los flujos de dinero ilegal y de la tolerancia de las grandes corporaciones. Le tratan como a un futuro crack en el mundo financiero, pero su verdadera pasión es el uso de las herramientas informáticas para penetrar en la caja negra del dinero del crimen. El mapamundi de los «paraísos». Se adentró en ese mundo con la ayuda de amigos hackers, no saboteadores sino de la comunidad de gente libre que quiere iluminar las zonas oscuras, compartir información y hacer más transparente la gestión de la política y la economía.

Para él fue una feliz coincidencia la posibilidad de trabajar en Oeste. Había un estímulo: la dimensión de esos flujos financieros de origen oculto.

—¿Y por qué Malcolm? —le pregunta Marisa Alén.

—Es un nombre escocés. Un amigo de trabajo de mi padre. Un carpintero. Fue quien hizo mi cuna. Y se llamaba Malcolm.

Ellos le preguntan por Lara.

Les sorprende con una respuesta, mitad en broma, mitad en serio: «Es la persona con la que viviría en este molino».

—¡Estás colgado por una auténtica Bandeira!

—No voy a decir nada que pueda ser utilizado en mi contra.

EN LA CAÑADA REAL

Nemo insiste. Está en Madrid. Insomne, aturdido, desorientado. El taxista dice que no, que no se adentra más en el barrio de la Cañada Real Galiana. Nemo le muestra varios billetes. El taxista detiene el auto y se niega. No seguirá, le paguen lo que le paguen. Del coche descienden Nemo Bandeira y el comisario retirado Fidel Lamas. El abogado Mendoza, que viaja en el asiento delantero, dice que él los espera, que así se asegura de que no se irá el taxi. Sale y enciende un cigarrillo. Bandeira y Lamas echan a andar. Es mediodía. Han querido ir hasta allí, después de estar en el hospital, donde la autopsia confirmó la muerte de Estéfano y Carlos por sobredosis de heroína.

«Hacía frío. Estaban tiesos, en un rincón, abrazados. Parecían dos chiquillos, tan encogidos. Después me di cuenta de que no, de que eran ya mayorcitos. Llamé a urgencias, ya estoy acostumbrado. Una mujer se acercó, se apiadó, fue a la chabola, volvió y los cubrió con una manta. Cuando llegó la ambulancia del 112 ya no pudieron hacer nada.»
Nemo Bandeira y el excomisario Fidel Lamas escuchan el relato de un hombre que tiene una pequeña tienda en un lugar de la Cañada Real Galiana, una explanada a modo de plaza, donde los niños juegan al fútbol entre restos de basura. Hay pintadas en las paredes. En una de ellas se lee: «Pinchazos 5 €».
—¿Sabe quién era esa mujer? —preguntó el comisario.
—¿Por qué?
—Por darle las gracias.
—Démelas a mí y yo se las paso.
Lamas saca un billete y se lo entrega al hombre.
Cuando ya se iban, el hombre añade: «Antes de ir a chutarse, estuvieron ahí con los niños, dándole unas patadas al balón. Se reían. Parecían contentos».

El hombre los mira fijamente:

—¡No somos nada...!

Nemo y el comisario caminan lentamente, a la par, por el lugar marginal.

—Deberías haberme retirado a mí, Fidel. Hace tiempo.

—Lo intenté por todos mis medios —dice el comisario—. Hice todo lo posible. No dormía. Pero tenías..., tienes demasiado poder. Conseguiste que me apartaran por aquellas escuchas telefónicas.

—¡Deberías haberme pegado un tiro!

—No era mi estilo.

Nemo se detiene y mira, desencajado, al comisario:

—¡Ahora! ¡Deberías pegármelo ahora!

Mira alrededor.

—¡Este es el lugar!

—No tengo arma —dice lacónico el comisario.

Nemo saca una pistola. Una Star 9 mm. Hace ademán de entregársela al viejo comisario.

Lamas sigue adelante, sin hacerle caso.

—¡Vaya, sigues con ese cacharro!

—¿Qué pasa? ¿No mata?

—Claro que mata.

Confuso, Nemo se queda mirando el arma. Finalmente, la vuelve a guardar en la sobaquera.

Germán Moliner visita la galería Temporal Oeste de su sobrina Nina. No es el primer encuentro ni la primera visita. Se ve que congenian. Germán da muestras de conocimiento artístico, o por lo menos de manejar la retórica. Se interesa por un cuadro. Confirma que lo compra. En su mansión, en Guanajuato, tiene una colección de figuras internacionales.

Llega también a la galería Mario Mendoza. El encuentro no parece casual. Se saludan cordialmente. El abogado dice que tenía muchas ganas de conocerlo en persona. No, no le han hablado mal de él. Más bien no le han hablado.

Germán explica que es un hombre de negocios. Que México se convirtió para él en un paraíso. Que las cosas no van tan mal como dicen. Que no es tanta la violencia, que hay que trabajar con la gente adecuada. Que no hay que aflojar nunca.

Ambos hablan en clave pero van avanzando en la conversación. Los más importantes «emprendedores» de Colombia delegaron hace tiempo sus negocios internacionales en los cárteles mexicanos. «Es en México donde se parte el queso.» Él está en Galicia para establecer colaboraciones fructíferas y poner en marcha empresas comunes.

Mendoza explica que el Grupo Bandeira tiene, de antiguo, buenas colaboraciones con colombianos. Germán sonríe: «No es incompatible, pero una cosa es el mandamás y otra el mero mero. ¿Quién manda más? ¡Pues el mero mero! Hay que abrirse a los nuevos tiempos».

Acuerdan que Mendoza y Nina deben comenzar esos contactos. ¿Y Nemo? Por ahora, no tiene por qué saber nada. «¿Para qué molestarlo?»

Nemo presenta cada día más lagunas en la memoria. Un día Nina entra en el despacho de Nemo, su reducto privado, donde hay un gran acuario de peces. No hay nadie, ella sabe dónde están las llaves y decide husmear en los cajones. En uno de ellos encuentra folios y cuadernos en los que solo hay dibujos de relojes con flechas marcando horas diferentes. Cada hoja tiene una fecha. En varios de los dibujos hay círculos en rojo indicando fallos horarios y faltas en los números de las horas. Nina guarda en un bolso una muestra de los dibujos.

Al salir del despacho, Nina se encuentra con Nemo y le dice que lo estaba buscando. Nemo se adelanta a hablar. Él también quiere confiarle a ella, desde hace tiempo, un asunto importante. Le cuenta la historia de Ada y de su hija Lara. Por una vez, no habla con distancia de los hechos. Está emocionado. Le dice a Nina que quiere que se encuentre con Lara. De forma enérgica y enfadada, Nina le responde que de ninguna manera. Que no tiene ningún interés en encontrarse con esa pescantina. No tienen nada en común, salvo... un padre.

—Se supone —concluye con sarcasmo.

El Tigre ha salido de prisión. Las diligencias se demoran y el juicio va para largo. Fito Monterroso está convencido de que ha establecido contacto con el cártel al que representan Germán y su grupo y de que va a intensificar su actividad. Él y su compañera, Marisa Alén, montan un operativo de vigilancia muy estrecha. Por de pronto, el Tigre empieza a contactar y reunirse con pilotos de planeadora y subalternos que habitualmente trabajaban para la red de los Bandeira y los colombianos. El fin de semana, el Tigre parece que lo ha reservado para divertirse con algunos de su confianza: han alquilado un chalet de lujo en una zona del litoral frecuentado por la jet. Han contactado con servicios de «atención femenina» de alto coste. A Monterroso todo esto le parece «normal», una fiesta para celebrar la salida de la penitenciaría. A Marisa Alén le parece muy extraño. No encaja con los gustos del Tigre, que desprecia al «pijerío» del círculo Bandeira y demás.

La insistencia de la inspectora Alén permite que el operativo de vigilancia policial se prolongue toda la noche. Y es ya muy tarde, sobre las cuatro de la mañana, cuando se presentan en el lugar dos sorprendentes personajes: Germán Moliner y Mario Mendoza.

Al día siguiente, en comisaría, el trabajo es intenso. Hay que empezar a recomponer los gráficos de las organizaciones criminales. Malcolm Sousa ha invitado a comer a Lara. Por vez primera, esta le cuenta la visita intimidante de Germán Moliner a la conservera.

A partir de entonces, Malcolm Sousa toma medidas de precaución: contesta con mucha frialdad y en estricto lenguaje bancario a las llamadas de Lara. Está convencido de que Germán y sus acólitos escuchan todas las conversaciones en el despacho de la conservera. Y que esa vigilancia se irá extendiendo a todo el círculo de Nemo. Al tiempo, Sousa obtiene información por medios informáticos sobre las actividades de Moliner en México. La documentación que consigue le llama la atención: Germán Moliner controla muchas más empresas de las que imaginaba. Pero lo que le causa más impacto es que el emporio se inició a partir de una fábrica de ataúdes.

AL DEMONIO LE GUSTAN LAS CEREZAS

Al abrir el correo postal, en el despacho de la conservera, a Lara le entregan una carta que viene a su nombre y que procede del extranjero. En sobre de avión.

La abre. Es una carta escrita a mano por Nemo.

Le dice que quiere verse a solas con ella y en un lugar seguro. La casa de pescadores, cerrada desde que murió Ada.

Lara destruye la carta.

A la hora convenida, está en la casa y recibe a Nemo.

Parece haber envejecido. Su mirada es melancólica, como la de a quien le pesan las gafas, y sus movimientos más lentos. Se toma tiempo para mirar de nuevo la foto de Ada.

De súbito, le pregunta a Lara si puede abrir los regalos.

—Claro, son tuyos.

Va al cuarto de Ada, abre el armario, y coloca los paquetes, todos del mismo tamaño, encima de la cama.

Son la misma prenda: un chal de lino con encaje de bolillos y flecos. Cada pieza tiene la fecha, el año bordado. 1990, 1991, 1992...

Toca las telas y mira los años.

—¿Sabes? Empiezo a tener un problema con la memoria. Tal vez todo esté guardado aquí... ¿Qué te decía de mí?

—Nunca me habló. Ni bien ni mal. Pero yo sabía cosas. Te oía contar cosas.

—¿Cómo es eso?

—Cuando ibas a hablar con el hermano de Ada, con Cholo Balarés, el pescador, algunas veces estaba allí, escondida dentro de la barca. Y te oía hablar. Te oía contar historias de cuando erais niños. Cuando ibas a robar la fruta al huerto del cura.

—Es verdad. Había hambre. Y un día en la iglesia, en misa, desde el púlpito, me señaló acusador y dijo todo enojado: «¡Al Demonio le gustan las cerezas! ¡El Demonio está con nosotros!». Y no supe qué hacer. Me di la vuelta y escapé. Todos rieron.

Se quedó pensativo:

—Cuando hubo que arreglar la iglesia y el cementerio, pagué yo todo. Y el cura encantado. Le dije: «Dios es bueno, pero el Demonio no es malo».

De repente:

—¡Te tienes que marchar, Lara! Van a matarnos. A ti y a mí. No vuelvas por la conservera. Tú que puedes, huye. Alguien te avisará cuando acabe esta guerra.

En una ensenada, desde una barca, dos pescadores recogen las nasas de pescar el pulpo. Al tirar de una de las cuerdas notan que arrastran un peso que mueve una boya de un tipo y color no utilizado en la zona. Al izar el peso, resulta ser un fardo muy protegido con material plástico. Descubren que hay varias boyas más del mismo tipo. Empieza a anochecer. Después de inspeccionar la ensenada y asegurarse de que están solos, deciden hacerse con el cargamento y marchar.

El Tigre y varios de sus hombres entran en un pequeño puerto pesquero con dos 4×4. Algunos de ellos, con mochilas, no disimulan que van armados. Golpean y derriban las puertas de algunos galpones. Parecen desiertos. Al fin encuentran a un hombre viejo que está acabando de repintar su barca. El Tigre se acerca a él.

—Hombre, Cholo. ¿Le has cambiado el nombre a la barca?

—Sí. Estaba aburrido de *Titanic*.

El nuevo nombre es *Ada*.

Los hombres del Tigre le rodean y este comienza a interrogarlo. Tiene que saber quién se quedó con la droga. Él niega. No sabe nada. No ha visto nada.

Lo dejan por muerto.

EN EL PÓRTICO DE LA GLORIA

Malcolm Sousa se cita en secreto con Lara. Quedan en la catedral en Santiago. ¿Por qué allí?, le pregunta por curiosidad Lara. Él dice que ha estudiado al detalle el Pórtico de la Gloria. Cuando están allí, le explica que los monstruos más terribles no son los que tienen esa apariencia. Están allí, muy visibles, es fácil combatirlos. Lo difícil es enfrentarse a aquellos con aspecto de ángeles que rodean a Cristo y que llevan las herramientas de tortura. Le explica que hay una operación en marcha para desmontar del poder a Nemo. Le cuenta el historial de su padre. Nemo es un criminal. Merece ser perseguido. Pero lo que se avecina es todavía peor. Una maquinaria cruel, sin escrúpulos, globalizada. Ella misma está en peligro, pueden utilizarla en su contra, porque hay un hilo de emoción que la une a ella, fuera de los negocios.

Él, Malcolm, se dispone a viajar a un lugar seguro. Va a hacer público un informe en el que revela las implicaciones de grandes entidades financieras en el blanqueo del dinero procedente de la economía delictiva y el narcotráfico. Con una atención especial a los movimientos derivados de la conexión entre las redes internacionales colombianas y mexicanas que operan en España y Europa. El medio más eficaz es el control del movimiento de capitales. Ha reunido mucha de la información durante su estancia en su puesto bancario en Oeste. Le pide que lo acompañe. No pretende presionarla. Pero la quiere. Y quiere protegerla. El amor más fuerte es el de dos solitarios que aman la libertad. Eso dice. Y a Lara no le suena mal.

Al fondo, los tiraboleiros mueven el botafumeiro, el gigantesco incensario. Los turistas de Dios aplauden.

Al anochecer, en el paseo de la Alameda, vuelven a ver la catedral, pero en la distancia. Lara le dice que ha pensado muchas veces irse de Oeste, pero que finalmente no lo hará.

Lara: Quiero vivir sin miedo, sin permiso.
Malcolm: Sin permiso. Ese es un buen lugar para
vivir.

Se abrazan. Mucho tiempo. Durante cuatro estaciones. Las que contiene cada hora en Santiago.

—Me ha salido liquen en la sien —dice Malcolm.

—Pues a mí una campana loca, que no sabe parar. Y tengo mucha hambre.

Cónclave en el pazo de Nemo. Asisten varios capos «históricos», el abogado Mendoza, Nina y Germán. El abogado afirma que Nemo le ha confesado su intención de retirarse. No se encuentra con facultades para seguir dirigiendo el Grupo Bandeira. Ante la expresión de extrañeza del resto, Mario Mendoza anuncia que, por responsabilidad, va a revelar una confidencia: Nemo Bandeira padece alzhéimer. La afirmación es recibida con un silencio sepulcral. Mendoza continúa explicando que ya no es una simple sospecha, que ha estado en secreto bajo escrutinio médico. De las tres fases, se encuentra en la segunda, un alzhéimer moderado, a la que seguirá inevitablemente una fase de alzhéimer severo, en la que ya no reconocerá a nadie de los presentes. Pero es inaplazable efectuar su relevo, antes de que se difunda la información: «El mundo está lleno de buitres y depredadores a la espera de caer sobre el Grupo Bandeira». Ha elaborado un documento en el que Nemo cede la mayoría del capital de la conservera Costa Oeste al natural sucesor de la familia, Germán Moliner. Dadas las circunstancias, Nemo debe retirarse y Germán, ocupar su lugar. Si así lo aprueban entre todos, no podrá negarse. La hija de Nemo, Nina, muestra su total acuerdo con lo expuesto por Mendoza. Lo que habría que hacer cuanto antes es internar a su padre en un centro especial de tratamiento. Enseña los folios con los dibujos obsesivos de los relojes. No se sabe nada de él, de Nemo. Ha desaparecido, quizás ya sumido en un alzhéimer severo.

Se abre una puerta de la sala. Es Chon, acompañada de Ferro. Ambos armados. Es la presencia de Chon la que más sorprende. La mujer «frágil y ausente» empuña el arma con seguridad, con ambas manos, como una buena tiradora, y a quien apunta es a su hermano Germán:

—No, él no se va. Quien se va, para siempre, eres tú.

Llueve en la noche de Oeste. Nemo Bandeira conduce su coche en solitario. La radio anuncia una tormenta. Una «ciclogénesis explosiva», dice el noticiario. Nemo murmura el pronóstico con sorna. Se acerca a la casa de Lara, allí donde vivió Ada, y se dispone a aparcar. Desde otro vehículo, parado, encienden los reflectores. Del interior sale el Tigre da Madroa y abre fuego contra el auto de Nemo. Suena con insistencia un claxon en la noche. Lara abre la puerta y grita el nombre del padre con angustia animal. Malcolm Sousa dispara desde la ventana del primer piso. El Tigre corre hacia el auto. Arranca y desaparece en la noche con un rechinar de ruedas.

Lara abraza al padre. Todavía respira. Lo arrastra hacia la casa. Nemo murmura: «Falta un número». Ella se acerca para oírlo.

Lara: ¿Qué dice, padre?
Nemo: Un número... Falta un número.

Sagrado mar

—¿Oyes? Allá afuera está lloviendo.
¿No sientes el golpear de la lluvia?
—Siento como si alguien caminara sobre
nosotros.

JUAN RULFO,
Pedro Páramo

Las hormigas se gobiernan por una especie de consejo secreto. Allí se dilucidan los asuntos hasta que se van convenciendo unas a otras. Por ejemplo, cuántas reinas serían convenientes para el hormiguero. Los hay que tienen tres y los hay que tienen cuarenta. Las reinas son las que tienen alas, pero solo cuando están de boda. Después de las nupcias, se desprenden de ellas. Se las arrancan. Y es a partir de ese momento, en pocos días, cuando las obreras hacen desaparecer a los machos.

Nel hablaba muy despacio y en voz baja, casi susurrante, como si hubiese aprendido el lenguaje de las hormigas, el «hormigués» o algo así, y yo me había ido quedando medio dormido. Me gustaba oírlo, con aquel arrullo. Pero ahí, cuando desaparecían los machos, se partía de risa y yo abrí los ojos.

—En pocos días —contaba Nel— no queda ni un puto macho en el hormiguero.

—Así que solo quieren a los machos para ofender al Papa.

—Sí, para verle la cara a Dios. Ellas pueden hacer todos los oficios. Incluso de sepultureras. Organizan una comitiva para los entierros, con las muertas en cascabillos de trigo a la manera de ataúdes.

—¿Y habrá un réquiem por las hormigas muertas? —pregunté para seguirle el cuento. No me interesan los animales, salvo los comestibles, pero prefiero esa conversación a la de las estrellas.

Llevo toda la vida oyendo hablar a Nel de las estrellas, hay días que pienso que se cayó del cielo, y a él le gusta que se lo diga, se le pone cara de astro, pero a mí, cuando llega la noche, todo me parece una verbena y siempre confundo la Polar con la luz de la antena del Monte Faro de Domaio. Y él insiste con la Polar, porque si la enfilamos bien, podemos determinar con el plano nuestro meridiano.

—Cada uno de nosotros tiene su meridiano. Y su vertical.

Esa es una de las propiedades que tengo que agradecerle a Nel. Casi no tengo nada, pero soy propietario de un meridiano. Y una vertical. El meridiano Camagüey y la vertical Camagüey. Y que además son intransferibles. Nadie se puede apropiar de tu meridiano ni de tu vertical.

—¿Seguro?

—Sí. Nadie te puede joder tu meridiano ni tu vertical, ni tu cénit ni tu nadir. Nacen y mueren contigo.

Pero ahora estábamos hablando del entierro de las hormigas.

—Organizan funerales, sí, pero será un lamento químico, una oración hecha de aromas tristes.

Se giró de repente con aquella alegría penitenciaria tan suya. Era el único de nosotros al que la cárcel parecía sentarle bien. Así era Nel. Estaba volando dentro de la jaula.

Sacó su agenda secreta. Era un mañoso. Había conseguido unas tablillas en el taller de la prisión y había armado un doble fondo en el cajón de la mesa.

—Mira lo que descubrí en la biblioteca, en un libro, *El simbolismo animal,* del señor Mariño Ferro. Se cuenta que un grupo de hormigas encontró una hormiga muerta y la transportó hasta llegar a un hormiguero lejano. Allí se iniciaron una serie de trámites y deliberaciones. De la morada, salían hormigas que entraban en comunicación con las que traían el cadáver. Esos enlaces volvían al interior del hormiguero, se supone que para consultar con el consejo. Hasta que aparecieron con un gusano vivo, ese ganado de las hormigas, y se lo entregaron a las otras en señal de agradecimiento por llevarles los restos de a quien reconocieron como una de las suyas, y que daban por desaparecida. Bueno, esto último lo digo yo, que la daban por desaparecida.

Dije, conmovido:

—Hay humanos que no tienen esa humanidad humanitaria.

—¡Eres un filósofo! Ya pareces de la escuela de Mané.

—¿Mané?

—El capo aquel que salió en televisión muy fanfarrón afirmando que él no era narcotraficante, que estaba en contra de todas las drogas, incluso del tabaco, porque, dijo muy serio: «El tabaco mata y cuando mueres quedas muy afectado».

Era un hechicero de la risa. Siempre que él quería me hacía reír. También llorar. Nel estaba sentado en la silla y escribía sus notas. Era una pequeña agenda de mar, de bolsillo, plastificada, con los horarios de mareas, el código internacional de banderas, los períodos de veda, y luego los días del año con un espacio para un apunte breve. La nota de la hormiga desaparecida le ocupaba una semana, y eso que él aprovechaba al límite el papel, con una letra muy menuda. Letra de mosca, decía, pero yo ahora sabía que era de hormiga. La mitad de la minúscula mesa, con apoyo en la pared, la ocupaba su pequeña biblioteca, con algún libro propio y los prestados de la prisión. Poco más espacio había. Estaba orgulloso de su «escritorio».

—Pensé que lo que estabas escribiendo ahí —le dije por la agenda oculta— eran confesiones, altos secretos.

—Son pensamientos inquietos.

Él sabía que con eso bastaba, que yo ya entendía. De un incidente de la juventud, de lo que él llamaba «nuestro equinoccio» —una paliza que estuvo a punto de despacharnos a otro mundo, a comer tierra para siempre—, le quedó esa secuela. Lo de las piernas inquietas. Le viene casi siempre por la noche. Las piernas despiertan, rabian por andar, por marchar a alguna parte. No, no es cosa de estiramientos, de hacer unas flexiones. No es cosa de chiste. Vete a pilates o a tai-chi. Puedes ir a Tai-chi y a Pekín y subir todas las cuestas de Vigo, que son muchas, y nada. Cuando lo piden las piernas, tienes que andar. Yo a Nel, en chirona, lo he visto dormir mientras anda. Ya las piernas cuentan los pasos, con tal de no parar. Tienes que andar sin tregua. Eso es lo que debía de tener Cristo cuando caminó por las aguas: el síndrome de las piernas inquietas.

A la hora de salir al patio, Duroc nos hizo una visita.

—Tú, tranquilo —me dijo el Patrón—, solo vengo a chismear un poco, me aburría y dije: voy a conferenciar con nuestro intelectual.

Tenía los párpados caídos, como persianas descolgadas. Pero se le abrían de repente y sus ojos de color tizón semejaban algo más que saltones: salían a escudriñar el exterior como si tuviesen tentáculos extensores a la manera de los caracoles. Era una operación inquietante que desequilibraba todo. A las personas y las cosas. Cogió el libro abierto encima de la mesa.

Leyó:

—*El idiota*, de Dostoievski. Ya veo que apuntas alto, Nel. ¿Cómo es el cuento este del idiota?

Sorprendido por la curiosidad y el tono amistoso de Duroc, Nel se dispuso a entrar en la obra. Y era un libro de mucho peso, debía de ser bueno, mil páginas o así.

—Es la historia de un personaje muy especial que es príncipe. Tiene muchas virtudes, muchas cualidades, eso parece, y pretende ayudar a toda la gente que se le pone delante, pero lo que hace es estropear la vida de los otros y también...

—¿Sabías que había un futbolista del Celta de Vigo que leía a este tipo, al Dostoievski? Pahíño. Era un delantero macanudo. Un goleador. Lo fichó el Real Madrid. Las ideas le llegaban a los pies. Pero le dio por leer. Eran los tiempos de Franco y un periódico tituló a toda página: «¡El futbolista que lee a Dostoievski!». Aquello fue una sentencia. Lo habían llamado para el Mundial de Brasil. En el aeropuerto de Madrid, y en el momento de transportar el equipaje para facturar, el seleccionador, que era un militar, gritó: «¡Las maletas que las lleve el gallego!». Y Pahíño no se calló: «¡Las maletas que las lleve tu puta madre!». Quedó en tierra. Se perdió el Mundial. Y España también. Ahora, a mí quien me gustaba era Amoedo. En aquella época no había tanto presumido, tanta foto, y él sacó a bailar a mi madre en un baile en el Morrazo. Se presentó: «Nena, que sepas que estás bailando con el delantero centro del Celta de Vigo». Era un tipo sencillo, Amoedo. Y a ti te van a dar un premio, vas a salir en los papeles, Nel. Ya estoy viendo, a toda página: «¡El contrabandista preso que lee a Dostoievski!».

Tiró el libro sobre la mesa. Como quien deja caer una piedra en un pozo.

Agarró otro, el que tenía marcadores:

—¡Hombre, *La vida de las hormigas*! ¿Qué, ya no estás por la astronomía? ¿Ya lo sabes todo del cielo? Ahora andas a ras de suelo, como un bicho.

—Tatino... La gente lo pasó bien. Aplaudieron.

—Sí, yo también aplaudí —dijo Duroc—. Y si te colgasen de la Polar, todavía aplaudiría más.

—Tatino...

—¡Tatino, hostias! Hablas con los funcionarios, con el bibliotecario, con el director de la prisión para montar el *show* de las estrellas y a mí ni una palabra. Me preguntan y tengo que decir que no sé nada. ¡El mismo día, por la tarde, y no sé nada del numerito! El capo, el patrón, el mero mero, el enemigo número uno, todas las putas medallas de castrón delincuente, el puto amo y no sé nada. Nel, el Guía de las Estrellas, que nos va a enseñar el cielo. ¡Atención, habla el señor director de la Prisión Modelo! Como medida excepcional, absolutamente excepcional, se van a desconectar los focos durante una hora para evitar la contaminación lumínica. ¡Gilipollas! ¿Qué íbamos a escapar, por la Vía Láctea? Y allí estaban aquellas tres periodistas embelesadas con el preso astrónomo, con su puntero láser señalando el triángulo del verano, esa es Vega, de la constelación de Lyra, a punto de llorar con Orfeo y... Mierda, ¿cómo se llamaba ella, la relinda? Pues eso. Seis días lamentándose. ¿Y por qué la perdió? Por tozudo. Por mirar hacia atrás. Y bien que le habían advertido los muertos, que lo saben todo, que no mirase para atrás, que ya dejaban ir a la chorba con él. ¿Por qué carajo tenía que mirar atrás? Por terco. Por desconfiado. Por llevar la contraria. ¡Por desobedecer al dios del Inframundo! Mucho amor, pero al final a lo suyo. ¿Es así o no es así, Camagüey?

—Sí, es así, Patrón.

Asentí asombrado. Era así. Repetía lo que había dicho Nel aquella noche. Lo tenía todo en la cabeza.

—¡El Inframundo! Nombre interesante. Habría que patentarlo. Pompas Fúnebres El Inframundo, sí señor.

Era su manera de hablar. Parecía que se iba por las ramas, pero no soltaba la presa, no. Ganaba tiempo y se lo hacía perder a los demás.

—Lo peor es que este asunto a mí me huele a perro —dijo, de repente muy serio—. ¿No lo hueles, Camagüey?

—Pues no sé, Patrón.

Yo estaba muy nervioso. No era capaz de mirar a ninguno de los dos. Ni al Patrón ni a Nel.

Me atreví a decir:

—A mí me gustó mucho lo de Orfeo, Patrón. Nunca había oído esa historia. ¡Y oírla aquí, en la cárcel!

—Tú eres un sentimental, Camagüey. Pero huele a perro.

Tenía en las manos *La vida de las hormigas*. Lo fue hojeando, pero no de pasada. Iba escudriñando página a página, como quien busca un horado para espiar el interior del hormiguero.

—Sí, te crees muy listo.

—Tatino...

—¡A mí me llamas Duroc! No me vengas con diplomacias. ¿No soy Duroc cuando no estoy delante? ¿No hablas de mis ojitos de cerdo, de mi hocico, del lago venoso? ¡Te gusta mi lago venoso, eh! Lo sé todo. No te voy a capar la lengua por eso.

—Escucha, Duroc...

—¿Por qué no te licencias en Derecho? ¿Eh, qué te parece? Ahora están de moda los narcoabogados. Los viejos capos somos como putas viejas. Ya solo nos quieren para algún favor. Haríamos de ti una celebridad. ¡Cojo, maricón, contrabandista y abogado! Te iban a rifar en las televisiones. Tú, ahí, de charlatán en las tertulias te lucirías. ¿Cómo le dijiste al fiscal? Sí, señor, a mí me mandaban a por coca, pero yo siempre traía una Pepsi. Se cabreó, lo dejaste en ridículo, que se joda. Me gustabas, Nel. Eras mi chichí. Tú sabes muy bien que hice callar a muchos. Incluso a aquel colombiano, el Wilson, cuando soltó de ti con una risita aquello de *La donna è mobile,* tú no lo oíste, pero yo le aclaré las cosas. Esa *donna* tiene más huevos que tú y que yo juntos. Pero, ahora, ¿qué pasó? Nada más darme la vuelta, te estás riendo de mí. Dándome por el culo.

Él miraba hacia el suelo mientras hablaba el Patrón. Como un animal manso. Pero yo sé que era porque no estaba seguro de su rostro. Podía mentir muy bien con las palabras, decir una cosa y la contraria, pero la cara lo delataba. Y eso, en tiempos, lo hacía más peligroso. Si había que amedrentar a alguien, él estudiaba el papel. Voy a sacar el demonio que llevo dentro, decía. Y lo sacaba. En todo caso, no sabía lo que era el miedo. Y eso a mí me preocupaba. Porque había un miedo que respetar. El que se le debía tener a los jefes.

—¡Recuerda que yo no soy Mané!

Mané Galeote era aquel capo muy presumido. Célebre por sus corbatas de colores y por su manera de hablar, tenía la clara intención de pasar a la posteridad. Un día contó que el médico le había escuchado la respiración con un telescopio, y quedó como un chiste. Aun así, no le perdonó nunca a Nel que estuviese en boca de la gente la historia del «conservatorio». Nel estaba con Beluso, que era el chófer de confianza de Galeote, y pudo oír cómo le daba la orden de que fuese a buscarlo por el conservatorio.

—¿El conservatorio?

—Sí, hombre. El de Emorvisa.

—De acuerdo, jefe. Paso sin demora.

Aunque había hablado por el móvil. Aunque ya había cortado. Aunque Galeote estuviese lejos y en un velatorio, Beluso se resistía a reír. Tenía miedo a reír. Pero miró a Nel, apretó los labios, hasta que estalló. Echaron a reír como dos niños clandestinos.

—Bueno, vale. Tengo que ir a buscarlo al tanatorio —dijo por fin Beluso.

—No, no te equivoques, tienes que ir al conservatorio.

Nel ya se había enganchado en el desliz y alargó el cuento:

—Y en el conservatorio no te olvides de darle el pésame a la familia del *afinado.*

A Beluso le lloraban los ojos. Consiguió parar de reír. Hizo un gesto cómplice de silencio. Muera el cuento.

—Ya sabes cómo es, Nel.

Nunca se sabe muy bien lo que algunos llevan encima de los hombros. Dicen que el dinero no da la felicidad, pero que calma los nervios. Una tontería. A la mayoría, por lo que yo sé, la riqueza no los tranquiliza. Al contrario, produce muchas averías. Lo que decía mi abuela Rosario de los soberbios: «Cortan el aire con una hoz». A la gente que manda hay que pedirle permiso para reír, si es para reírse de ellos. Y todavía así hay que saber reír. Calcular el peso y la extensión de la risa. Y era algo que Nel no sabía medir. Lo intentaba. A veces. Pero no sabía.

—Quiero que me digas la verdad, Nel. Te doy una oportunidad. Por los buenos tiempos. ¿Te estás yendo de la lengua?

Nel se había sentado en el catre. Tenía la cabeza gacha, apoyada en las rodillas, y protegida con los brazos.

Negó con un sonido ronco, no-no-no, una letanía que acunaba todo el cuerpo.

Yo sabía lo que pasaba. Sabía que quería evitar mirarlo. Sabía que tenía un problema con aquella cara.

—¡Mírame, Nel! Quiero que me mires cuando te hablo. No te hagas el penitente.

Lo agarró por la cresta del pelo y le levantó la cabeza hasta que Nel lo miró fijamente.

—¿Eres un chivato? Los otros piensan que eres un cesto roto. Que estás cantando por algún atajo.

—Sí, dicen que soy un culo abierto —respondió Nel, y esta vez sonrió a propósito—. Siempre lo dijeron.

—No te pases de listo. A mí con quién chingues me importa un carajo, ya lo sabes. Como si lo haces con una hormiga.

Lo soltó de golpe.

Me dolía aquel trato. Duroc sabía que me dolía. Sabía lo que había entre los dos. Incluso la Compañía, cuando nos metieron en prisión, hizo lo posible para que compartiésemos celda. Porque lo nuestro no era de ahora ni de hace un año. Porque nosotros habíamos jugado a abrazarnos y rodar por las playas y los prados desde niños. Porque nosotros habíamos trepado a los árboles más altos para besarnos en la cima. Y pasamos muchas juntos. Aquella noche en Canabal, durmiendo en la tienda. Nos habíamos bañado desnudos, hijos del mar y del sol. Y fumamos una maría que nos desamarró del todo. Sentimos cómo nuestras risas limaban los candados. Y cada palabra, las palabras de todos los días, decían en ese momento cosas que nos sorprendían.

Vamos a hundir otra vez el *Titanic*.

Vamos a abrir un camino en el mar Rojo.

Sal salado que vienes del mar sagrado...

¿Qué has dicho?

¡Deja que te quite esa mancha!

¿Qué mancha?

Sal salado que vienes del mar sagrado, saca esta herida del ojo mirado.

¡Pero si yo no tengo ninguna mancha en el ojo!

Ahora ya no.

Nunca había sentido nada semejante. La piel estremecida por los dedos de las palabras. Recorriendo los acantilados, los bajíos, las rocas, los prados de laminarias, caricias en los pliegues del miedo, hacia lo desconocido.

En el último baño, durante la noche, estábamos a solas con el firmamento, sentíamos como una bendición el estribillo de las olas al romper. Teníamos de linterna la luna en el camino hacia la quechua, en el pinar. Una tienda de campaña pequeña pero que para nosotros era perfecta, una esfera que se encogía y expandía con el vaivén de los cuerpos.

Sal salado que vienes del mar sagrado.

Aquella noche, abrazados en la tienda de campaña, estuvimos a punto de morir. Sacrificados. Linchados. A estacazos. Se sentía a la vez romper palos y huesos, despellejándonos con las púas de los insultos. Al principio, había sido como hozar de luces, focos de linterna incordiando en la lona de la tienda; luego, los latigazos de las voces:

—¡Maricones, preas, putos, morralla!

Y de pronto, la golpiza. Traté de salir, abrir la cremallera, pero los golpes venían de todas partes. Nos apretamos más, hicimos un solo bulto para protegernos, pero quizás eso enervó todavía más a los agresores. Incluso lo peor vino cuando menguó el griterío. No fue para detener la paliza. Parecía que querían oír el batir de las estacas, el sonido de mazar los cuerpos. Golpeaban ya por turnos, como una maquinaria de autómatas.

—¡Ya ni patalean!

Lo último que oí fue un jadeo y la risa nerviosa de quien dijo:

—¡Nefando!

Salimos del pinar a rastras, sintiendo cómo las agujas de los pinos picoteaban en las heridas, agarrándonos a los helechos. Al revés de los náufragos, éramos dos moribundos que solo deseaban llegar al mar. Reptamos por la arena, boqueando como melgachos. Sagrado mar, sagrado mar. Solo tengo el recuerdo de ir tirando de la vida, uno del otro, una mezcla de sangre, arena y luna. Ahora sí que éramos uno partido en dos, tratando de no desasirse, hasta que sentimos las cosquillas de la espuma, el frío ardor de las heridas, la sorpresa de sabernos vivos, como quien rescata el pecio del propio cuerpo.

Hace muchos años de todo eso. Nunca supimos quiénes habían sido. Sospechamos que serían de la zona. Nos hablaron de una cuadrilla de cazadores que en batidas que venían de vacío se emborrachaban y se dedicaban a este tipo de caza. Lo que nunca se me fue de la cabeza fue aquella última palabra y el tono de gusto del Satanás que la dijo. No, nefasto no era. Nefando. No sabía lo que significaba. Un día busqué en un diccionario. Se refería al peor pecado. «Lo que no se puede nombrar.» No, aquel cacho cabrón no era un cazador cualquiera.

—Eso estaría de pinga para un epitafio —dice Nel.

—¿El qué?

—Lo que no se puede nombrar.

La mirada de Duroc estaba en acción. Y yo sabía lo que pasaba. Aquellos ojos te apresaban como ventosas, y luego te absorbían, ibas dando tumbos en aquella centrifugadora. Volvías a la existencia, ya sin voluntad, aboyando en el lago venoso, en la represa de aquel labio azulado. Y sucedió lo que yo más temía. La sonrisa de Nel. Tenía los ojos enrojecidos, pero sonreía. Y estaba a punto de ocurrir otra cosa. Las piernas comenzaban a temblequear y batirse una con otra, pese a que él intentaba sujetarlas con los brazos.

—Yo solo hice de guía de las estrellas, Duroc.

—Pues no quiero que vuelvas a hacerlo.

—Pero, Duroc, quedé en hablar la noche de las Perseidas.

—¿De las qué?

—De las Perseidas, de las Lágrimas de San Lorenzo. Este año habrá una gran lluvia de estrellas...

—No, Nel. Se acabaron los números estelares.

Yo sabía que Nel estaba perdiendo el control de su cuerpo. Y podía decir cualquier cosa con tal de ponerse en pie y poder moverse.

Ya no podía callar más, aunque me arriesgase al enojo de Duroc:

—Disculpe, Patrón, es la enfermedad, el síndrome ese de las piernas inquietas.

Me miró enfadado, pero poco a poco fue destensando aquel cuerpo de cemento armado.

—¡Las piernas inquietas! Sí, ya. Mira, Camagüey, ¡si está riéndose!

—Es sin voluntad, Patrón. Le sale sin querer.

No parecía muy interesado en lo que yo dijese, pero por lo menos no me mandó a por tabaco. Tenía una fijación con Nel.

—Esa risa. Tú me desprecias, ¿verdad?

Nel hizo un último esfuerzo. Se abrazó fuertemente las piernas por las rodillas.

—Con humildad —dijo en voz baja.

Aquella respuesta desconcertó a Duroc.

—¿Con humildad? ¡Me desprecia con humildad!

Rio. Primero, una risa insegura, interpretando el sentido de lo que acababa de oír. Luego, desbordado. Una carcajada que implicaba todo el cuerpo.

Se levantó, echó una mirada al pequeño escritorio. Allí estaba el libro de las hormigas, donde lo había dejado abierto, como otro personaje en el calabozo. Lo cerró. Parecía que pensara en llevárselo con él, pero volvió a tirarlo sobre la mesa. Nel iba y venía, batiendo en sí mismo, como un Charlot encarcelado.

—Me voy —dijo Duroc—. También yo tengo las piernas algo inquietas.

Agarró a Nel por el hombro y lo clavó en el suelo.

—¡No quiero que vuelvas a la biblioteca!

—Tengo que devolver los libros.

—Los libros que los devuelva Camagüey.

Así fue como entré por vez primera en la biblioteca. Y como conocí a Milos. Por la edad que aparentaba, el tiempo se había adelantado a blanquearle el cabello. Un blanco de nieve. Me explicó que había sido de un día para otro, cuando entró en prisión. Una suerte. Otros se quedan calvos de repente. Me dijo que era profesor de Filosofía y, sin preguntarle, con extraña confianza, que todavía le quedaba una larga temporada en la cárcel.

—No se preocupe, solo estoy por lo clásico. El pecado de Caín.

Y se echó a reír. Así que me quedó la duda de si era de verdad, un chiste o es que tenía viento en las ramas. O las tres cosas. La biblioteca estaba vacía y uno se sentía muy a gusto, sin olor a prisión. Entendí mejor por qué Nel pasaba allí todo el tiempo que podía. Yo también me confié, quizás en exceso. Le confesé que Nel no volvería.

—¿Por qué?

—Digamos que porque no le está permitido.

Ahí me callé y él tampoco indagó más sobre el asunto.

—Disculpe. ¿Podrá llevarle algún libro?

No sé por qué asentí, pero lo hice.

—Este le va a interesar. Ya hemos hablado de él. ¡El gran Eça! Otro crimen clásico.

El libro se titulaba *El crimen del padre Amaro,* de Eça de Queirós. Y lo recuerdo muy bien porque lo leí. Lo leí entero, de principio a fin. Creo que fue el primer libro que comencé y acabé, aparte, claro, de las novelas del Oeste, cuando era joven. En aquellas novelitas había muchos tiros, mucha pelea, mucha baladronada, pero nada comparable a esto que es como descubrir lo que hay debajo del fondo. No hay tiros, no hay cuatreros. Hay amor, hay religión, hay buena gente. Qué horror.

Cuando Duroc entró de improviso en nuestra celda, cosa que solo pudo hacer con la complicidad de algún funcionario que le abrió paso, era yo, de hecho, quien estaba leyendo.

—El libro lo traje yo —me apresuré a informar.

—Ya. Veo que en este antro todo el mundo sucumbe a la civilización —dijo Duroc, riendo su propia gracia—. Y por si fuese poco, esta noche tenemos lección de astronomía.

Antes de entrar Duroc, Nel dormía, el cuerpo ovillado, la cabeza oculta entre los brazos. Y en esa posición siguió, sin moverse. Como quien dice, metido en su caracola. Me di cuenta de que no iba a responder. De que incluso estaba dispuesto a aguantar una paliza.

Duroc se dirigió a él, gruñendo, pero sin tocarlo:

—Darte pan habiendo mierda es un pecado.

No sé lo que haría si Duroc se pusiese violento con Nel. No era su estilo exponerse así, en solitario, arriesgarse a un tumulto que obligase a la intervención de los vigilantes. Él intimidaba, pero recurría a otros para ese trabajo que él denominaba «desconfortar». A mí, por ejemplo. Yo era muy eficaz desconfortando. De joven, desde aquella paliza en la acampada, decidí que sería un titán, que nunca más nadie me pondría una mano encima. Liberé las hormonas con creatina. Me reconstruí con esteroides. Aprendí a pelear y a usar mi cuerpo como la mejor arma. ¿Saben de alguien a quien le gusten las películas de Bruce Lee? ¡Aquí, yo, presente!

—¡Eres mi superhéroe! —decía Nel.

La gente sabía lo que un golpe mío significaba. El toque de Camagüey. La bofetada del muerto.

Imploré con los ojos. Yo no quería por nada del mundo pelearme con Duroc. Él era mi Patrón. Siempre me había respetado. Pero ahora las cosas no iban bien. Algo debió de leer en mis ojos porque dijo:

—Solo vengo a avisar. Esta noche, nada de lección de astronomía. El director tiene que saber quién manda aquí.

Me hizo una señal para que lo acompañase al pasillo. Lo seguí. Cuando nadie podía escuchar, me dijo con su voz ronca:

—Tengo que hablar contigo, Camagüey. Es algo muy serio. Antes de la cena, en la lavandería.

Simulé estar muy cabreado con Nel. La verdad es que él me había hablado del rollo ese de las Lágrimas y la lluvia de estrellas, pero no le presté atención. No me gusta pensar en varias cosas al mismo tiempo. De una en una. Y ya estaba enganchado con la historia del crimen del cabrón del padre Amaro y la chiflada de Amélia bebiendo los vientos por él. Qué estafa el amor romántico. Y la historia horripilante de la «tejedora de ángeles», la que ahogaba a las criaturas no bienvenidas después de nacer. Es lo que hace la religión, con todo el morbo de los pecados, con tanta virgen y tanto santo, que se lo pone a huevo a cualquier pirómano sexual. Ahí tiene razón Milos, el bibliotecario. Cuando le devolví el libro y hablamos: «La Iglesia está llena de pederastas y pichas bravas. Lo del celibato es una locura. ¿Por qué? Porque el poder nunca acepta ser impotente». Estuve a punto de preguntarle si él lo era. Cura, además de filósofo. Me parecía que hablaba como si saborease un antiguo poder. Y aquella forma de dar la mano. Flácida como un pez muerto. Lo dejé para otro día. Además, los curas no van a la cárcel, ¿o sí? Pero volviendo a Nel, el caso es que era cierto, sí, que me había insistido: «Hoy caen del cielo las Lágrimas de San Lorenzo. No te lo pierdas, Camagüey. ¡Ya verás qué maravilla!».

Aquella tarde, cuando nos quedamos solos, le dije que no, que no iba a ir. Que con un desobediente ya bastaba en la celda. A ver quién apaciguaba después a Duroc. No está el tamborilero para gaitas. Él quedó muy apenado. Hacía tiempo que no lo veía así.

—¡Déjalo, Nel! —le dije—. Por favor, no vayas. Todos los años caen las Lágrimas esas del cielo.

—Cuando caigan, pediré un deseo por ti —dijo sin más.

Fui a la lavandería. Allí estaba Duroc con su guardia preferida: Goro, Longo y After.

—Pidió hablar con el juez —me espetó Duroc—. ¿Sabías algo de eso?

Me entró una afonía de furia. No era capaz de hablar. Negué con la cabeza.

—Pasó la línea roja, Camagüey —dijo Goro, que era algo así como el gerente de la Compañía—. Resulta que hay un informe favorable del

146

director para que lo trasladen de prisión. Pero lo peor es que hay una carta. Una carta de Nel.

Me la mostró sin soltarla. Aquella letra de hormiga.

—Esta. Reconoces la letra, ¿verdad? La llevaste tú.

—¿Yo?

—La llevaste tú. Dentro del libro que entregaste hoy en la biblioteca.

Me tembló el cuerpo entero. La sensación de una antigua paliza.

—Ni puta idea.

—Sí, ya lo sabemos —dijo Duroc, amistoso—. Todos confiamos en ti, Camagüey. Pero la carta está ahí. Menos mal que la Providencia lo atajó en el camino. ¡Nuestro amigo Nel pretende hablar con el juez!

—¿La Providencia? ¿Quién demonios es la Providencia?

—Eso no importa ahora. El que está donde tiene que estar.

—Pero ¿qué dice la carta?

—Quiere contarle la novela de su vida. Así dice. La novela de su vida. Eso es mucho contar, ¿no te parece?

¿La novela? Al fin conseguí hablar:

—Él siempre quiso el traslado a una cárcel en Oeste. Es por su madre. Su madre tiene un cáncer. Pero no va a traicionarte. No es un delator. Me quemaría una mano por él. Lo que haga falta.

Se quedaron en silencio. Un silencio medido, cronometrado. Yo sabía lo que ese tiempo de silencio significaba.

—Así estamos, Camagüey —dijo Goro con frialdad—. De eso se trata. Lo que hace falta ya está decidido. Mañana, cuando despiertes, encontrarás su cuerpo. Ahorcado con una sábana. Colgado de la ventana. Suicidio. No te preocupes. Ya está escrita la autopsia.

—¿Y quién lo va a hacer? —pregunté como un gilipollas.

—Alguien que lo haga bien. Con confianza.

Y yo estuve a punto de añadir: con humildad.

—Tienes una niebla en el ojo, Camagüey.

—No tengo, no.

—Tienes. Te la voy a quitar para que no te ciegues de viejo.

La verdad es que yo ya no veía. Todo borroso.

Apreté.

No se resistía. ¿Por qué no se resistía?

—Sagrado mar.

Apreté, apreté.

La niebla toda del Oeste en mis ojos.

Este libro se terminó
de imprimir en
Móstoles, Madrid,
en el mes de
septiembre de 2018

Descubre tu próxima lectura